Des bleus à l'âme

Des bleus à l'âme

by Françoise Sagan

Copyright © Editions Stock, 2009
The first edition of this work was published in 1972 by Editions Flammarion
all rights reserved.
Korean translation copyright © 2014 by Sodam&Taeil Publishing House.
Korean edition is published by arrangement with Editions Stock
through Imprima Korea Agency.

이 책의 한국어판 저작권은 Imprima Korea Agency를 통한 Editions Stock과의 독점 계약으로 소담출판사에 있습니다. 저작권법에 의하여 한국 내에서 보호를 받는 저작물이므로 무단 전재와 무단 복제를 금합니다.

Des bleus à l'âme
마음의 푸른 상흔

펴 낸 날	|	2014년 11월 3일 초판 1쇄
		2022년 2월 15일 개정판 1쇄
지은이	|	프랑수아즈 사강
옮긴이	|	권지현
펴낸이	|	이태권
책임편집	|	안여진
책임미술	|	박은정
펴낸곳	|	소담출판사
		서울특별시 성북구 성북로5길 12 소담빌딩 301호 (우)02880
		전화 | 02-745-8566 팩스 | 02-747-3238
		등록번호 | 1979년 11월 14일 제2-42호
		e-mail | sodambooks@naver.com
		홈페이지 | www.dreamsodam.co.kr
ISBN		979-11-6027-284-0 04860
		979-11-6027-283-3 04860 (세트)

- 책 값은 뒤표지에 있습니다.
- 잘못된 책은 구입하신 곳에서 교환해드립니다.

Françoise Sagan

마음의 푸른 상흔

프랑수아즈 사강 지음 | 권지현 옮김

Des bleuse à l'âme

소담출판사

차례

마음의 푸른 상흔 ——— 9

역자 후기 ——— 190

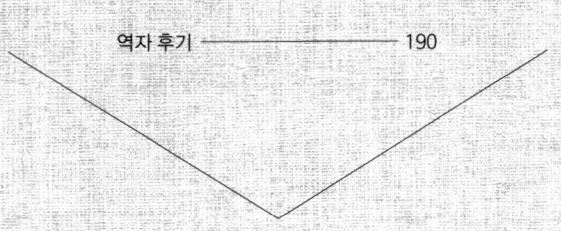

샤를로트 아이요에게

영혼은 육체 이상이 아니고
육체도 영혼 이상은 아니다.
각자의 눈에 자기 자신보다 위대한 것은 없다.
신神조차도.
사랑 없이 길을 가는 자는
수의를 걸치고 장례식에 가는 자이다.

월트 휘트먼

1

1971년 3월

이렇게 쓰고 싶다. "세바스티앵은 휘파람을 불며 계단을 성큼성큼 올라갔다. 조금 숨이 찼다." 십 년 전 인물들을 다시 불러내는 것도 재미있을 텐데. 세바스티앵과 그의 누이 엘레오노르. 두 사람은 물론 극 중 인물이다. 나의 유쾌한 연극에 나온다. 빈털터리이지만 여전히 유쾌하고, 시니컬하지만 점잖은 그들을 보여주는 건 재미있는 일일 것이다. 스스로의 비천함을 슬퍼하는 파리에서 그들은 모리스 삭스(Maurice Sachs, 1906~1940: 프랑스 작가. 작가가 되기 전 사기극을 벌여 많은 친구들을 잃었고, 독일이 프랑스를 점령했을 당시 게슈타포에 협력하기도 했다. 유대인 체포를 거부하고 보고서를 위조한 혐의로 나치에 체포되어 처형당했다―옮긴이)처럼 '거듭나기' 위해 노력했지만 헛수고였다. 안타깝게도 파리의 비천함, 혹은 나의 비천함은 내 허무맹랑한 욕망보다 더 강했다. 나는 지금 '그것'이 언제, 어떻게 시작되었는지 기억해내려 안간힘을 쓰고 있다. '그것'은 지금까지 아주 그럴듯한 이유로 나를 매료시켰던 삶이 가르쳐준 모순, 권태, 왜곡된 얼굴이다. 또 있다. 때는 1969년이었을 것이다. 오월혁명(1968년 프랑스에서 학생운동이 노동운동과 결탁해 일으킨 사회혁명—옮긴이), 그 봉기와 실패가 큰 영향을 미친 건 아니라고 생각한다. 나이 탓도 아니다. 내 나이는 서른다섯이고 몸도 멀쩡하다. 마음에 드는 사람이 있으면 아직까지는 대부분 성공하는 편이다. 다만 그럴 마음이 이제는 생기지 않는다. 사랑에 빠지고 싶다. 사랑 때문에 가슴 저리고, 떨리는 목소리로 전화를 하고 싶다. 같은 앨범을 열 번이나 되풀이해서 듣고, 아침에 눈을 떠 익숙했던 자연의 축복을 한껏 들이마시고 싶다. "처음에는 물맛을 빼앗아가더니 이제는 유혹의 맛을 빼앗아가버렸지." 자크 브렐(Jacques Brel, 1929~1978: 벨기에 태생의 프랑스 싱어송라이터 겸 배우—옮긴이)의 노랫말이던가. 어쨌든 이제 더는 통하지 않는다. 이 종이들을 내 에디터에게 보여줘야 할지 말아야 할지도 모르겠다. 이것은 문학이 아니다. 고해성사라고 할 것도 없다. 아침과 저녁, 타자기와 자기 자신이 두려워 타자기를 두드리는 어떤 여자일 뿐이다. 두려움은 아름답지 않다. 부끄럽기까지 하다. 예전에는 두려움을 몰랐는데. 이게 전부다. 하지만 그 '전부'가 끔찍하다.

 1971년 봄. 이 파리에서 나만 이런 것은 아니다. 내게는 두려움에 빠져 어찌할 바를 모르는 사람들만 눈에 보이고 귀에 들린다. 어쩌면 죽음이 우리 주위를 어슬렁거리고, 그것을 우리가 예감하는 것일지도 모르겠다. 그래서 아무 일도 아닌 것을 가지고 불행한 것일지도. 사실 그것이 문제가 아니기 때문이다. 내게 죽음—질병을 말하는 것이 아니다—은 검은 벨벳 옷을 입고 검은 장갑을 낀 모습으로 보인다. 어쨌든 죽음은 돌이킬 수 없는 절대적인 존재다. 그렇지만 열다섯 살 때 그랬듯, 내게는 절대적인 것이 없다. 불행히도 나는 삶의 쾌락을 꽤 많이 맛본지라 내게 절대적인 것이란 뒷걸음질, 나약함일 수밖에 없다. 온 힘을 다해 일시적이기를 바란 나약함. 그것은 틀림없이 자만심 때문일 테고, 이번에도 두려움 때문이기도 하다. 나의 죽음은 최소한의 악이다.

 끔찍한 것은 도처에서 계속되는 폭력, 오해, 분노—정당한 분노일 때가 많다—, 고독, 재앙으로 돌진하는 것 같다는 느낌이다. 청년들은 언젠가 젊음을 잃으리라는 생각을 벌써 감당하지 못하고—워낙 그런 생각을 주입당했으므로—, '성숙한' 어른들은 삼 년 전부터 온 힘을 다해 늙기를 거부하며 발버둥 친다. 그리고 여자들은 남자와 동등하기를 원한다. 진심에서 우러나오기도 하고 무자비한 그로테스크함에서 비롯되기도 하는 그럴듯한 논리들은 그럼에도 불구하고 인간적이고 모두 같은 신을 섬긴다. 그들이 부인하고자 하는 그 신은 단 하나, 바로 시간이다. 그러나 누가 프루스트를 읽는가?

그리고 새로운 언어, 소통의 불가능, 가끔 다시 솟아오르는 따뜻한 인간애. 드물다. 그리고 때로는 감탄할 만한 외모. 그리고 광적인 삶. 나는 항상 그것을 모성애가 지극히 강한 사나운 짐승이라 생각했다. 그것은 「기관총 엄마*Bloody Mama*」(1970년에 개봉된 로저 코먼 감독의 영화. 네 명의 아들을 지극하게 사랑하는 엄마 케이트 바커가 자식을 위해 온갖 범죄를 저지른다—옮긴이), 이오카스테Iocaste, 레아Rhea, 그리고 마지막으로 빠질 수 없는 메데이아Medeia이다. 그것은 더 이상 유일하지도 않은—오, 마지막 오점이여!—이 행성에 우리를 던져놓았다. '오점'이라고 말한 건 '오점'이기 때문이다. 결국 우리는 단 하나의 삶, 단 하나의 생각, 단 하나의 음악, 단 하나의 이야기만 가질 수 있기 때문이다. 그런데 만약 다른 것들이 존재한다면 어떨까? 우리의 어머니인 인생, 그 불륜을 저지른 거짓말쟁이가 다른 곳에서 다른 아이들을 낳았다면 어쩔 텐가? 우주선 아폴로의 '인간'이 우주에 몸을 던진 것이 형제를 찾기 위해서는 아니었다고 나는 확신한다. 사실은 형제가 없다는 것을 확인하기 위해서였다. 그가 살아야 할 불행한 칠십 년 세월(삶이 그에게 허락한 시간)이 오로지 그의 것임을 확인하려는 것이었다. 화성인의 모습을 '추정'한 그림만 봐도 알 수 있다. 왜 화성인은 키도 작고 얼굴도 못생겨야 하는가? 우리가 그들을 질투하기 때문이다. "달에는 풀이 자라지 않아요, 그렇죠?" 네, "풀은 우리 것이에요." 지독하게 민족주의적이고 불안에 사로잡힌 지구는 안도했다가 이내 신 나게 분열한다. 입으로 풀을 뜯어내고 역시나 부조리한 동작으로 온몸을 피로 물들이면서.

좌파의 코트를 걸치고 '민족'을 돌보고 '민족'을 말하는 그 멍청한 인간들의 어설픔은 얼마나 짠한가. 우리는 우익을 증오하고 그들을 지지하지만, 보기에도 안타까운 좌파의 코트를 정신병자(또는 냉철한 자)가 넝마로 만들어놓지는 않을까 하는 걱정 탓에 결국 기운이 빠진다. 민족.

그 단어 자체가 모욕적이라는 사실을 모르는 일, 남자 옆에 남자 옆에 여자 옆에 아이 옆에 남자 등등이 있다는 것을 모르는 일, 깊은 내면의 요구를 포함해 각자 모든 면에서 다르며, 일반적으로 사람들은 형편이 되지 않아 그것을 듣지도, 보지도, 읽지도 못한다는 것을 모르는 일. 어설프지만 정직하게 통 위에 기어올랐던 사르트르는 어쩌면 그걸 이해했는지도 모르겠다. 통 안에 누워 사람들에게 얘기했던 디오게네스도. 바로 그런 사람들이 유연한 사람들이다. 그들은 유연함과 유연함에 대한 지혜를 가지고 있지만 사람들은 그들을 웃음거리로 만들어버린다. 하지만 그들은 괘념치 않는다. 우리 시대의 명철한 사람들에게 웃음거리란, '웃음거리가 되는 일'이란 멋진 일이다. 멋지고 우려스러운 일이다. 왜냐하면 멋지니까. 스탕달도 발자크도 감당하지 못했을 것이다. (물론 그들의 작품 속에서.) 그런 면에서 유일한 선지자는 도스토옙스키뿐이라는 게 내 생각이다.

나는 매우 낙천적이고 매우 절망한 스웨덴 귀족 세바스티앵 반 밀렘에 대해, 그라는 인물이 아니라 그의 삶에 대해 말하고 있었다. 사실 내가 그에 대해 무엇을 알겠는가? 그가 돌아올지도 모르고, 그러면 나는 그에 대해 말할 것이다. 그것이 내 직업이다. 나는 글을 쓰는 사람이고, 글을 쓰는 게 좋고, 그렇게 아주 잘 살고 있다. 내가 느끼기에 삶이란 자기 새끼의 목을 물어서 여기저기 데리고 다니는 암컷 같다. 신중하고 다정다감한 암고양이들은 그렇게 한다(그러면 삶이 꽤 편해진다). 때로는 허리를 물기도 한다. 많은 현대인들이 추락을 휴식처럼 추구하며 불안한 자세로 머문다. 때로는 발을 물기도 한다. 사랑에 빠진 자들, 함정에 빠진 자들, 큰 병에 걸린 자들, 몇몇 시인들은 잊어버리자. 그들은 잊어버리자. 하긴 우습다. 나는 결코 시를 잊지 못할 것이다. 내가 유일하게 좋아하는 것이 시였고, 내가 쓰지 못하는 것도 시였다.

그러나 나는 이 시니컬한 소설 어느 한 꼭지에 풀 향기를 언급하고, 그 풀을 말려놓은 향내 나는 바구니를 던져놓을 수 있을 것이다. 지금의 나는 겨우 명명하는 상태로 전락했다. 풀밭 위에 엎드려 얼굴을 대고 풀 향기를 맡을 때면 '이것은 풀 향기다'라는 식으로 거기에 이름을 지을 수밖에 없다. 바다, 그 미친 바다도 내 몸에 소개해야 한다. 이것은 너의 친한 친구, 바다야. 몸은 바다를 알아보지만 바다를 향해 달려가지 못한다. 나는 비시에서 심술궂은 아이의 몸을 산책시키는 자애로운 어머니다. "작년에(혹은 십 년 전에) 요양차 오셨을 때 너한테 아주 잘해주셨던 뒤퐁 부인에게 인사하렴." 심술궂은 아이는 거절한다. 아이는 때로 사랑의 향기와 자기가 부리는 마법의 향기까지 거절한다. 두려움에 빠진 나는 신문의 총천연색 광고에서 시선을 거둔다. 그 광고에는 투명한 바닷물이 붉은 바위에 부딪히고 1,350프랑으로 왕복할 수 있는 완벽한 해안이 펼쳐져 있다. "아, 사람들이 그곳에 갔으면!" 독재적인 내 몸은 한숨을 쉰다. "사람들 모두 그곳에 가서 일광욕을 했으면! 내 삶의 이유이자 나의 사랑, 나의 포로였던 그곳에서 즐겁게 놀았으면! 심지어 그 장소를 가졌으면! 클럽 메드Club Med 만세! 지중해는 가라! 지중해는 젊은 간부, 늙은 간부, 캠핑하는 사람들하고나 놀아라, 불쌍한 것! 나는 더 이상 지중해를 노래하지 않겠다. 나는 그것을 잊으리라. 어느 날 우연히, 예를 들어 4월의 어느 날 그곳을 지나게 되면 멍하니 추위에 떨며 그곳에 발이나 손을 담글 것이다. 바다와 나, 몇 번이고……." 얼마나 슬픈 일인가! 아마 그런 것이리라, 늙는다는 것은. 자기 것을 더 이상 알아보지 못하는 것. 십오 년 전부터 내 몸에 가까이 왔던 수많은 몸들에 대해서는 무슨 말을 할 수 있을까? 잠을 자거나 가끔 기쁨을 맛보기 위해 향했지만 지금은 피하는 그 수많은 몸들. 마치 엘뤼아르(Paul Eluard, 1895~1952: 프랑스의 초현실주의 시인—옮긴이)가 말하는 몸속에 갑자기 다시 들어앉은 것처럼 말이다. "마르고 건방진 몸, 내 어린 시절의 짐승, 날쌘 새의 몸."

2

 세바스티앵은 휘파람을 불며 계단을 성큼성큼 올라갔다. 조금 숨이 찼다. 6층까지 오르는 일은 이제 그에게 조금 버거웠다. 몸무게 때문이 아니었다. 점점 더 자주 피워 무는 담배와 그 다양한 종류만 봐도 웃음이 나는 술 때문이었다. 최근 몇 년은 여자가 아니라 좋아하는 술로 시간을 구분할 정도였다. 에다를 사귀었던 때는 '네그로니' 해였고, 조금 더 길게 사귀었던 마리엘라 델라와 함께한 때는 '드라이' 해였다. 안 마리와 브라질에서 보낸 '럼' 해도 있다. 얼마나 재미있게 살았던지! 그는 바람둥이도 아니고 알코올중독자도 아니었지만 여자와 술의 결합은 좋아했다. 어쨌든 그의 삶을 지배해온 것은 그의 누이 엘레오노르였다. 술이 없을 때에도, 온갖 술이 있을 때에도. 그녀 없는 삶, 그녀 없는 술은 밋밋한 맹물에 지나지 않았다. 누군가에 의해 삶의 경계가 그어진다는 것은 사실 무척 편리한 일이었다. 엘레오노르가 뭐라고 말하든, 그가 그녀의 노예였던 만큼 그녀도 그의 노예였다. 그녀는 가끔 신경질을 부리고, 결혼을 하고, 사라졌다가, 몇 달을 혼란스럽게 보낸 뒤 돌아오곤 했다. 한참 후에야 그녀는 세바스티앵에게 어떤 다툼이 있었는지 털어놓으며 미친 듯이 웃어젖혔다. 부유하든 가난하든, 쇠약하든 팔팔하든, 우울하든 즐겁든, 그녀는 늘 정신이 나간 듯했다. 독보적이고 아름다운 그의 누이 엘레오노르는 늘 그에게 다시 돌아오곤 했다.

이번에 그들은 스칸디나비아반도에 있는 엘레오노르의 전남편 집에서 오랜 시간을 보낸 뒤 함께 돌아왔다. 두 사람의 상황은 말이 아니었다. 세바스티앵의 옛 친구 하나가 플뢰뤼스 거리에 두 칸짜리 아파트를 내어준 것은 기적 같은 일이었다. 엘레오노르와 세바스티앵은 은행에도, 주머니에도 몇 푼 지니고 있지 않았다. 엘레오노르는 세바스티앵에게 귀한 보석 두세 점을 선뜻 맡겼다. 별로 애착을 갖지 않았던 것이다. 그 보석으로 무얼 하겠는가. 게다가 보석에 애착을 갖지 않는 것은 여자에게는 장점이었다.

세바스티앵이 초인종을 눌렀다. 엘레오노르는 잠옷 차림으로 문을 열어주었다.

"불쌍해라!" 엘레오노르는 삐걱거리는 소파까지 세바스티앵을 부축하며 말했다. "그 나이에 계단에서 헉헉거리다니, 불쌍해! 올라오는 소리 들었어. 쓰러질까 봐 걱정되더라."

세바스티앵은 숨이 막힌 듯 가슴에 손을 얹었다.

"나도 늙나 봐."

"나도(엘레오노르는 웃기 시작했다). 계단에 오르기 시작했을 땐 이사도라 던컨처럼 날아다니는데 계단 끝에 다다르면 패츠 도미노(Fats Domino, 1928~ : 미국의 흑인 피아니스트이자 가수로 R&B의 거성이다—옮긴이)가 따로 없어. 사람은 찾았어?"

여기서 사람이란 신의 은총 같은 사람을 말한다. 세바스티앵과 엘레오노르의 매력과 유머와 행운 때문에 두 남매에게 얼마간 생활비를 대줄 사람. 그런 사람은 부족한 적이 없었다. 그리고 그런 사람을 찾아내는 쪽은 보통 세바스티앵이었다. 엘레오노르는 게을러서 외출을 잘하지 않았다.

"아니. 아르튀로는 아르헨티나에 있고, 빌라베르 가족은 휴가 중이야. 니콜라는 믿지 않겠지만 일하는 중이고."

엘레오노르의 눈에 그럴 리가 하는 의심과 가벼운 공포의 빛이 비쳤다. (일하는 건 반 밀렘 가문의 장기가 아니었는데.)

"파리는 정말! 참, 좋은 소식이 있어. 나 아무렇게나 입어도 된대. 디자이너들이 대수인가. 커튼, 바지, 중요한 저녁에 걸치는 내 보석이면 충분해. 거리를 내다봤어. 내가 서른아홉이라는 사실만 잊으면 괜찮아. 나만 그런 것도 아닐 테고……."

"잘됐네. 그렇게 될 거라고 생각했어." 세바스티앵이 대꾸했다.

그의 말이 옳다. 쭉 뻗은 다리, 날씬하고 탄탄한 몸매, 윤곽이 뚜렷한 얼굴, 예쁜 광대뼈, 반짝반짝 빛나는 고양이 눈을 가진 엘레오노르는 눈이 부셨다. 세바스티앵은 누이와 똑같은 얼굴 골격에 늘 다정한 회의주의자의 표정을 하고 있었다. 그래, 두 사람은 어떻게든 알아서 해나갈 것이다. 세바스티앵이 기지개를 켠다.

"문제는 오늘 남자들이 부족할 것 같다는 거야. 날 팔아야 할 것 같다니까. 너보다 먼저."

"잘됐네. 그런데 어떻게 알아?" 엘레오노르가 묻는다.

"니콜라가 그랬어. 지쳐서 자기들끼리 사랑을 나누는 남자들이 많다고. 요란스러운 여자들은 먹잇감을 찾아 도시를 장악하고. 여자들이 잠잠해지면 그다음엔 대학생들이 나선대. 아, 남에게 빌붙어 사는 것도 예전 같지 않아."

"그런 막말은 삼가줘. 봐봐, 파리가 얼마나 아름다운지!"

세바스티앵은 엘레오노르 곁으로 가까이 가서 창가에 팔꿈

치를 기댔다. 맞은편 벽을 장밋빛 조명이 비추어 그 주위에 있는 모든 지붕이 반짝거렸다. 신선한 흙냄새가 뤽상부르공원에서 휘발유 냄새를 헤치고 날아왔다. 세바스티앵은 웃기 시작했다.

"네가 커튼으로 옷을 만들어 입으면 나는 머리를 기를까?"
"서둘러야 할걸. 머리 빠질 날도 얼마 남지 않았어."

세바스티앵은 엘레오노르의 다리를 가볍게 찼다. 세바스티앵은 더는 아무 걱정도 없었다.

어쩌면 내가 아끼는 이 두 사람의 이야기를 희곡으로 만들어야 할지도 모르겠다. 이건 소설의 첫 부분이라고 할 수 없다. 어쩌면 인물들을, 배경을—뭐라고 하더라?—'묘사해야' 했을지도 모른다. 특히 배경이 참 간단하다. 하지만 배경 묘사는 질린다. 거기에서 꼼꼼함이 주는 재미를 만끽하는 몇몇 작가들은 예외겠지만. 그런 작가들을 위해서는 기쁘게 웃을 수 있다. 이쯤에서 물론 내가 쓴 글을 다시 읽어야 한다. 7층, 삐걱대는 소파, 지붕(7층이니 지붕이 있는 것은 당연하다). 배경치곤 참 뭐가 없다. 주인공들의 가난하고 불안한 상황은 7층이라는 것만으로도 충분히 묘사되었다고 생각한다. 나는 늘 계단이 싫었다. 올라갈 때는 숨이 차고 내려올 때는 어지럽다. (6층에 산다는 이유만으로 남자를 차버린 적도 있다. 그 사람은 그렇다는 걸 지금도 모르지만.) 반 밀렘 남매에게 내가 개인적으로 혐오하는 것들을 실었다. 그리고 안됐지만 그들을 텅 빈 아파트에 놔둔다. 그들은 명랑하다. 그것이 최고의 배경이다. 게다가 지금은 남매를 먹여 살릴 사람을 찾아야 한다. 터무니없이 전형적인 사람이어서는 안 된다. 그런 사람을 어디에서 찾아야 할지 모르겠다. 부자는 항상 돈이 없다고 투덜대고, 가난한 사람은 그런 말을 하는 데 더 조심스럽다. 그리고 세금 등등. 남매에게 외국인을 찾아줘야 하나 보다. 1971년의 프랑스는 그렇다. 현실감을 살리려면 매력적인 반 밀렘 남매에게 외국인 스폰서가 필요하다. 기왕이면 스위스에 사는 사람으로. 내 애국심은 매우 기분 상하지만. 게다가 엘레오노르를 앞치마 브랜드인 마리 마르틴이나 기성복 회사에서 일하게 할 수도 없는 노릇이다. 그건 세바스티앵을 금융이나 증권 분야에서 일하게 하는 것이나 마찬가지다. 사람들은 그렇게 생각하지 않는 모양이지만 게으름에도 일만큼 중독될 수 있다. 일에 미친 사람에게 아무것도 하지 못하게 하면 그는 쇠약해지고 우울해지고 살까지 빠진다. 진짜 게으른 사람도 몇

주 동안 일을 시키면 '금단' 증상을 보인다. 쇠약해지고 우울해지고 살이 빠지는 것이다. 세바스티앵과 엘레오노르를 노동으로 죽일 수는 없다. 내 인물들이 아무것에도 흥미를 느끼지 못하네, 빈둥빈둥 놀기만 하네 어쩌네 하는 비난은 실컷 들었다. 비평의 제단에 나의 피곤에 지친 스웨덴 남매를 제물로 올리는 건 말도 안 된다. 그건 다른 책에서 다른 인물들과 한번 생각해볼 문제다(신과 출판사가 나를 살려둔다면). 언젠가 월급, 대출로 구입한 차, 텔레비전, 평범한 사람들에 대해 쓸 것이다. 평범한 사람이 있기나 하다면. 그들에게 강요되는 모든 것들도. 나는 작은 깡통 같은 자동차를 가진 사람들을 알고 있다. 퀴퀴한 매연 한가운데에서 길이라도 막히면 그들은 속으로 쾌재를 부른다. 사무실에서 집까지 한 시간에서 한 시간 반 정도 걸리는 게 좋은 것이다. 한 시간 동안 깡통에 '혼자' 있을 수 있으니까. 누구도 그들 옆에 있을 수도, 그들에게 말을 걸 수도, 정신과 의사가 말하듯 그들을 '공격할 수도' 없다. 일하는 남자나 여자에게 속마음을 털어놓으라고 해보라. 자동차는 피난처, 이글루, 어머니의 젖가슴이라고 할 것이다. 그렇다. 내 생각엔 남자들이 일요일마다 전용 스펀지를 손에 들고 자동차를 닦아내는 건 공격 수단이 아니라 그들의 고독, 그들의 유일한 사치다.

명랑함에 속지 말라. 도입부를 힘들게 시작한 작가가 두세 꼭지 뒤에 사로잡히는 감미로운 행복감을 나는 믿지 않는다. 작가는 "흠, 드디어 발동이 걸렸군!", "그렇지! 다시 출발해볼까!" 하고 중얼거리겠지. 이 정도는 정비공이 겸손하게 하는 말이겠지만 거기에서 그치지 않는다. "흠, 죽진 않아도 되겠구나." (더 문학적인 말이지만 진실이기도 한 말.) 창작자는 그렇게 노선을 이탈하기도 한다. 튀는 음을 내서 반 친구들, 다른 인간들과 구분될 때 느끼는 행복감은 위험하다. 사람들은 '안정적인 기본음'을 믿기 때문이다(늘 구체적인 직업에 대한 비유). 그렇다면 큰 두려움에서 벗어난 뒤 잠시 산책을 하러 나가는 건 어떨까? 특히 3월의 노란 사선의 태양으로 물든 한적한 도빌Deauville이 코앞에 있다면 말이다. 그저께 청명한 하늘을 향해 외롭게 서 있는 검은 건물들을 바라보고 있자니 때맞춰 혼자 남은 바다를 이해하게 되었다(영불해협과 나는 온도 때문에 한 번도 열정적인 관계를 가져본 적이 없다). 나는 젊은 영화감독들이 죄다 겨울에 이곳으로 카메라와 주인공들을 데려왔다는 것을 알게 되었다. 동시에 이제 더는 영화관에서 해변을 뛰어다니는 남자와 여자의 모습을 참아줄 수 없으리라는 생각이 들었다. 성별이 어떻든 침대에서 웃통을 다 벗고 시트를 어느 정도 위로 끌어 올린 두(혹은 열두) 사람의 모습도 마찬가지다. 야한 것을 좋아하는 사람들에게 지금 바로 일러두겠다. 이 소설에는 야한 거라곤 눈곱만큼도 없을 것이다. "엘레오노르는 그날 저녁 집에 들어가지 않았다." 정도가 최대치다. 그렇지 않은가. 그들은 밤의 광기, 어둠 속의 속삭임, '비밀', 육체적 사랑의 엄청난 비밀을 가지고 무엇을 했는가? 폭력, 아름다움, 쾌감의 영광은 어디 있나? 한 여성이 눈을 감고 침대에서 고개를 좌우로 움직이는 모습이 보인다. 그 옆으로는 규칙적인 리듬으로 움직이는 불쌍한 청년의 근육질 뒤태가 보인다. 독자들은 소파에 편히 앉아서 그들이 끝내기를 기다린다. 이 장면에 충격을 받는 사람들이 부러워진다. 그들은 적어도 반응을 보이니 말이다. 그 덩어리들! 요즘 우리에게 보이는 사람들의 살! 햇볕에 그을린 살, 창백한 살, 앉아 있는 살, 누워 있는 살. 얼마나 지겨운가! 육체, 그 쾌락도 상품이 되었다. 가엾은 자들⋯⋯. 우스꽝스러운 선입견을 파괴한다고 믿으면서 훌륭한 신화를 망쳐놓았다. 가끔 나는 "하지만 나는 길을 잃었다"라고 쓰고 싶다. 그것은 독자를 위한 오래된 예의, 하지만 여기에서는 어리석은 예의다. 내가 길을 잃는 것이 내가 하는 이야기이기 때문이다. 게다가 궁여지책으로의 에로티시즘 이야기는 짜증 난다. '그 짓을 많이 하지만 입 밖에 내놓는 일이 없는' 반 밀렘 남매를 다시 만나러 간다.

3

 레스토랑 음식은 훌륭했다. 엘레오노르는 레몬즙에 잠겨 꿈틀대는 굴 아홉 개와 노랗게 구운 가자미를 주문했다. 거기에 아주 드라이한 화이트 와인 푸이이 퓌세를 곁들였다. 배가 고팠던 세바스티앵은 에그 젤리와 후추를 친 '진짜' 스테이크를 보졸레와 함께 먹었다. 부지 와인이 없다는 게 아주 잠깐 아쉬웠다. 예상과는 달리 엘레오노르는 커튼을 두르지 않았다. 엘레오노르만 가지고 있는 요술 봉이 길거리에서 우연히 친구를 만나게 했던 것이다. 모든 여자가 꿈꾸는, 나이 들고 못생겼지만 유능하고 헌신적인 친구였다. 그녀는 엘레오노르를 친구에게 데리고 갔다. '나중에' 계산하면 된다는 기성복 디자이너였다. 엘레오노르의 매력에 푹 빠진 디자이너는 엘레오노르만을 위해 드레스 몇 벌을 디자인하기도 했다. 엘레오노르가 수표를 써주겠다고 해도 과장스럽게 팔을 내저으며 한사코 거절했다. 그렇게 해서 멋들어지게 차려입은 엘레오노르는 세바스티앵에게 남아 있는—그러니까 그녀에게 남아 있는—마지막 9천 프랑으로 마르뵈프 가의 한 식당 테라스에서 점심을 맛있게 먹게 된 것이다.

"계산해보니까 점심 먹고 나면 이삼천 프랑 남을 것 같아." 태양을 마주 보고 앉은 세바스티앵이 눈살을 찌푸리며 말했다. "디저트 먹을래? 싫어? 그럼 집에 갈 때 택시 타자."

"바보 같아. 밀푀유를 주문했어도 어차피 이런 옷차림이라 택시를 안 탈 수 없잖아. 인생은 정말 꼬였어."

두 사람은 마주 보고 웃는다. 3월의 노골적인 태양에 두 사람의 얼굴에 자잘한 주름이 선명하게 드러났다. '내 누이, 내 누이, 내가 여기서 구해줄게.' 세바스티앵은 갑자기 욱하며 목이 메는 걸 느끼고 놀랐다.

"스테이크에 후추가 너무 많이 들어갔나 봐, 우는 걸 보니." 엘레오노르는 무심한 듯 말했다.

그리고 시선이 아래를 향했다. 어느 순간 갑자기 낯설고 분주하고 반 밀렘 남매의 매력과 마력에 무관심해진 도시에서 두 사람이 아무짝에도 쓸모없는 인간이라는 사실을 깨달았던 것일까? 남자들은 물론 그녀에게 눈길을 준다. 하지만 막심이나 플라자 같은 멋진 곳에서 발을 구르며 껑충껑충 뛰어야 했다. 세바스티앵의 양복은 그러기에는 좀 유행이 지났다. 세바스티앵은 와인을 단숨에 들이켰다.

"저녁에는 라비올리 통조림 사자. 난 그게 맛있더라. 집에 있는 라디오 틀 줄 알면 샹젤리제에서 열린 콘서트 연주도 듣고. 재방송되거든. 창문 열어놓으면 근사할 거야." 엘레오노르가 느릿느릿 말했다.

"뭘 연주하는데?"

"말러, 슈베르트, 슈트라우스. 아까 찾아봤거든. 아, 정말 맛있는 점심이었어, 세바스티앵."

엘레오노르는 행복에 겨운 듯 그 긴 팔과 큰 손을 앞으로 쭉 폈다. 엘레오노르 뒤에 앉은 남자가 그 동작을 보았다. 세바스티앵은 남자의 낯빛이 욕망으로 창백해지는 걸 보고 재미를 느꼈다. 사실 남자는 엘레오노르가 레스토랑에 들어왔을 때부터 그녀에게서 눈을 떼지 못했다. 그 눈빛이 워낙 강렬하고 한곳만 주시해 맞은편에 앉아 있는 세바스티앵이 불편할 정도였다. 그는 낡은 양복을 입었고 바로 옆에는 서류 가방이 놓여 있었다. 넥타이도 형편없었다. 근처 직장에 다니고 여자에 약간 집착하는 월급쟁이 같았다. 꿈쩍도 않고 엘레오노르를 쳐다보는 순진한 모습에는 뭔가 다른 것도 담겨 있었다. 광기일까? 남매가 일어서자 남자도 마치 같은 테이블에 앉아 있던 사람처럼 자리에서 일어났다. 그리고 뒤돌아선 엘레오노르의 얼굴을 어린아이처럼 흘깃 쳐다보았다. 엘레오노르는 흠칫 놀랐다.

"네 목덜미에서 눈을 못 떼더라." 엘레오노르의 놀란 눈을 보고 세바스티앵이 말해주었다. "좀 걸을까, 아니면 집에 갈래?"

"이 책 마저 읽고 싶어."

엘레오노르는 책 속으로 사라지곤 한다. 하루 종일 그럴 때도 있다. 헌신적인 친구가 플뢰뤼스 거리에 있는 책 대여점을 알려주었다. 서점 주인은 엘레오노르를 만나자마자 기뻐하며 그녀의 책 허기를 달래주었다. 엘레오노르는 마음 가는 대로 책을 읽는 편이다. 긴 소파나 침대에 누워 몇 시간이고 독서에 열중했다. 세바스티앵은 들락날락하며 담배 가게 손님들이나 뤽상부르공원 경비원들과 수다를 떨고 계단 여섯 개를 한꺼번에 오르는 연습을 했다. 이 달콤한 삶도 라비올리와 말러 이후에 끝이 나겠지. 세바스티앵은 말없이 절망했다.

반 밀렘 남매에게 여전히 길은 보이지 않았다. 요즘 같은 때 파리에서 눈먼 돈을 찾기란 남매에게도 불가능했다. 남매에게 집착할 변태라도 한 명 미리 생각해두지 못한 것이 조금 걱정이다. 어떻게 하지? 내 기억이 맞는다면 엘레오노르는 미친놈들을 질색한다. 어쨌든 십팔 년 문학 인생에서 레스토랑 메뉴를 선사한 건 이번이 처음이라는 걸 내 고정 독자들에게 밝혀둔다. 메뉴도 제대로 된 메뉴다. 굴, 생선 등등. 그리고 와인. 거기에 대략의 가격까지. 나도 결국엔 복잡하고 한없이 긴 소설을 쓰리라는 사실을 나는 알고 있다. 집의 외부, 내부, 커튼 색깔, 가구 스타일(살려줘!), 할아버지 얼굴, 젊은 여자의 원피스, 곳간의 냄새, 식탁에 앉는 순서, 식기, 유리잔, 냅킨의 모양을 묘사할 것이다. 결국 이런 식으로. "토마토와 빨간 파프리카로 가장자리를 장식한 월계수 잎 위로 죽은 잉어 한 마리가 올라왔다. 군데군데 벗겨진 잉어의 회색빛 껍데기가 새하얀 살을 더욱 두드러져 보이게 했다." 작가의 행복이란 이런 것이리라. 하찮은 음악은 가라! 대중가요의 시대가 왔다! 기왕 하찮은 음악이라는 말이 나왔으니 말인데, 안됐지만 나의 열혈 독자들에게 다시 한 번 경고를 해야겠다. 이 책에는 음담패설도 없고, 자전적 요소나 생트로페 54의 재미있는 기억도 없다. 나의 생활 방식, 내 친구들 등도 전혀 나오지 않는다. 이유는 둘이다. 가장 중요한 이유는 그건 오로지 내 문제라고 보기 때문이다. 두 번째 이유는 사실에 뛰어들기 시작하면 내 상상력—정말 공상이다—은 다른 길로 새버리고, 내 이야기는 나만 웃게 만드는 쪽으로 방향을 틀기 때문이다. 정확성을 피함으로써 거짓말을 피할 수 있을 것이다. 누가 무슨 말을 했는지 인용할 때에나 실수하는 게 다일 것이다. 아멘. 하지만 악의는 없는 실수이다.

어지간히 기자들을 실망시켰던—나도 그 심정을 이해한다(달리의 인터뷰는 나를 행복하게 했다)—진심(나의 진심)이, 내가 가지고 태어난 평화롭고 유유자적한 진심이 투우鬪牛 주둥이 앞에 흔들어대는 붉은 천들 사이에서 갑자기 이스라엘, 러시아, 폴란드, 누보로망, 젊음, 아랍 국가, 공산주의, 솔제니친, 미국인들, 베트남 등이 된다면 재미있을 것이다. 교양을 쌓고 세상—누구나 그렇듯 나도 휘청거리며 사는 세상—을 이해하는 데 필요한 풀을 뜯어도 소화를 시킬 수 없는 가여운 동물이 격분한 투우가 되어 내게 이 이상한 책을 타박타박 쓰게 만든다면 재미있을 것이다. 태평한 투우의 '가슴은 부서지고 단단해졌다'. 투우사들을 비난하려는 것은 아니다. 그 남자들은 열쇠가 없으면서도 열쇠를 가지고 있다고 큰소리친다. 열쇠가 있다고 목청을 높이는 불쌍한 인간들. 그들은 물론 나의 친구들이다. 나의 적들. 그들이 늑대다, 유대인이다, 검둥이다 등등을 외친 지 이미 오래다. 내가 말하는 투우사들은 아직도 비둘기로 상징되는 민주주의, 그들이 사랑하는—나도 그렇지만—자유를 외치는 자들이다. 그러나 그 자유가 지금 세상에 내려앉기를 거부하고 그들의 손에 깃털만 남긴 채 다른 곳으로 날아갈까 봐 나는 두려워지기 시작한다. 심지어 우리의 감미로운 말에 향수를 느껴 다시 돌아왔다가 우리의 목소리를 모방한 자들의 총에 맞아 거의 죽게 될까 봐. 내가 말하는 '우리'는 판사나 전문가로 자처하지 않는 불쌍한 사람들을 가리킨다. 그런 사람들은 이제 별로 많지 않다. 우리의 스웨덴 남매에게 돌아가자. 그들을 실크, 황금, 마주르카에 빠뜨리자. 우리의 정치적이고 사색하는 인간들의 엇박자 저크 춤은 진절머리가 난다. 그런 사람들은 잊어버리자.

4

 연주회는 무척 아름다웠다. 엘레오노르가 라비올리를 태우는 바람에 세바스티앵은 허기로 인한 가벼운 불안을 담배에 의지해 애써 달랬다. 창은 밤을 향해 열려 있었고, 가까우면서도 멀기만 한 옆모습이 보이는 각도로 바닥에 비스듬히 앉은 엘레오노르는 조용히 그 밤에 집중하고 있었다. '무슨 생각해? 하고 묻고 싶은 유일한 여자.' 세바스티앵은 생각했다. 그리고 절대 대답하지 않을 유일한 여자.
 전화벨이 울리자 두 사람은 깜짝 놀랐다. 7층에 있는 그들만의 섬을 아는 사람은 아무도 없었기 때문이다. 세바스티앵은 전화를 받을까 말까 잠시 망설였다. 그러다가 조심스럽게 수화기를 들었다. 우리를 다시 현실로 불러들이려는 삶의 전화겠지. 세바스티앵은 예감하고 있었다. 재정 상태를 보면 정확한 시점이었지만 두 사람의 심리 상태를 보면 아직 일렀다. 차라리 목숨을 끊으면 어떨까. 사실 40년 동안 삶에 충직하게 봉사하지 않았던가. 그는 엘레오노르가 자살과는 아예 거리가 먼 사람이지만 그를 따르리라는 것을 알고 있었다.

"여보세요?" 흥분한 남자 목소리. "로베르? 너야?"

"로베르 베시 씨는 지금 안 계십니다." 세바스티앵은 정중하게 대꾸했다. "곧 돌아오실 겁니다."

"그럼, 당신은?" 목소리가 묻는다.

가정교육도 제대로 못 받았나, 세바스티앵은 생각했다. 그리고 참는다.

"안 계신 동안 저에게 집을 빌려주셨습니다."

"당신이 세바스티앵이겠군요. 로베르가 얘기 많이 했어요. 로베르를 초대하고 싶었는데. 오늘 저녁에 아주 신 나고 잘나가는 클럽을 오픈하거든요, 제델만이라고. 들어봤어요? 같이 갈래요?"

세바스티앵은 엘레오노르에게 눈짓으로 묻는다. 흥분한 사내의 목소리가 확성기라도 댄 듯 쩌렁쩌렁 울렸던 것이다.

"그런데 성함이……?" 세바스티앵이 느릿느릿 물었다.

"질베르. 질베르 브누아. 그럼 가는 거죠? 주소는……."

"저는 누이와 함께 플뢰뤼스 가에 살고 있습니다." 세바스티앵이 말을 끊었다. "30분이면 준비될 거예요. 누군지도 모르는 데 저희끼리 찾아가지는 않습니다. 그분들이……."

"제델만이요." 당황한 목소리였다. "하지만 그건 클럽이고……."

"제델만. 알았습니다. 30분 뒤에 문 앞으로 오시겠어요, 아니면 나중에 만날까요?"

엘레오노르는 초롱초롱한 눈으로 세바스티앵을 바라보았다. 세바스티앵이 협상을 잘하고 있었다. 택시를 탈 돈도, 라비올리 통조림에 할인 쿠폰이 붙어 있던 와인 한 병 살 돈도 없었기 때문이다.

"밑에서 기다리죠." 남자가 말했다. "그러고말고요. 미처 생각을 못했군요."

"말이 나왔으니 말인데, 제 이름은 세바스티앵 반 밀렘이고 제 누이는 엘레오노르 반 밀렘입니다. 나중에 소개하려면 알아두셔야 하니까요. 그럼 곧 뵙겠습니다."

세바스티앵은 전화를 끊고 박장대소했다. 엘레오노르는 세바스티앵을 보면서 조용히 웃었다.

"제델만이 뭐야?"

"난들 알아. 부자들이 이제는 클럽을 좋아하나 봐. 뭐 입을 거야?"

"물빛 드레스를 입을까 봐. 멋있게 입어, 세바스티앵. 생각보다 더 널 팔아야 할지도 모르니까. (세바스티앵이 그녀를 바라본다.) 내 방에 있는 사진도 그렇고, 질베르 목소리도 들어보니까 네 자비로운 친구이자 우리의 주인이 완벽한 게이인 것 같아."

"제기랄!" 세바스티앵이 억양 없는 목소리로 말했다. "맞아, 완전히 까먹고 있었어. 시작부터 화려하군."

두 시간 뒤, 두 사람은 시끌벅적한 큰 테이블 앞에 앉아 있었다. 세바스티앵의 무릎에 특정한 나이를 공략하는 듯한 제델만 부인의 무릎이 슬쩍슬쩍 와 닿았다. 부인은 마사지에, 샤워에, 화장에, 네일 아트까지 받았다. 세바스티앵은 이런 여자들은 많이 봤지 하며 초연했다. 한편 엘레오노르는 옆에 앉은 남자 때문에 짜증이 났다. 자기가 '발견한 사람들' 때문에 신이 난 질베르가 연출한 주목받는 등장(저 두 금발 머리 외국인은 누구야? 여기서 뭐 하는 거야? 키도 크고 이 세상 사람 같지 않네. 게다가 남매라고?)을 마치고 남매는 메인테이블에 앉게 되었다. 아내의 엉뚱한 발상이 어이가 없었는지 제델만 씨는 밤 11시도 채 되지 않았는데 인사불성이 되어 부축을 받으며 집으로 돌아갔다. 제델만 부인의 테이블에는 톱스타

영화배우 두 명, 가수 한 명, 유명한 칼럼니스트 한 명, 그리고 누구인지 알 수 없는 사람 한 명이 앉아 있었고, 테이블 주변에서는 사진기자들이 불나방처럼 분주하게 움직이며 플래시를 터뜨리고 있었다. 질베르는 반 밀렘 남매에 대한 질문에 대답하려 했지만 로베르가 오랫동안 세바스티앵을 동경해왔다는 사실을 빼면 정작 아는 것이 하나도 없었다. 그 바람에 뭔가 미스터리하고, 심지어 무슨 꿍꿍이가 있는 것처럼 보여 사람들의 원성을 샀다.

"아니에요." 갑자기 엘레오노르의 목소리가 들렸다. 그러자 세바스티앵이 귀를 쫑긋 세웠다. "그런 영화 본 적 없다니까요."

"그게 말이 됩니까? 정말 「우리에게 내일은 없다*Bonnie And Clyde*」를 모른다고요?"

영화광인 남자는 욱하며 동석한 사람들의 주의를 끌었다.

"이 아가씨가……."

"부인이에요." 엘레오노르가 마치 꿈꾸는 듯한 목소리로 말을 잘랐다. "부인이라고 해주세요."

영화광은 웃으며 말을 이었다. "이 부인이 「우리에게 내일은 없다」를 한 번도 들어본 적 없답니다."

"스웨덴에서 십 년 살았다니까요. 눈에 갇힌 성에서요. 남편이 '홈시어터'라는 걸 마련해두지 못했어요. 스톡홀름에는 발도 들이지 않았고요. 그래서 그랬던 거라고요."

엘레오노르의 목소리는 차분했지만 워낙 날카로워서 갑자기 모두가 입을 다물었다.

"성질 하곤." 세바스티앵이 침묵을 깼다.

"똑같은 말 백번 천 번 하고 백번 천 번 듣는 것 지겹단 말이야!"

"백번 천 번 미안합니다." 영화광은 조롱했다.

"성은 팔았고 전남편은 감옥에 있어요." 엘레오노르는 아무렇지도 않게 말했다. "살인죄로요. 우리는 영화를 직접 찍어요. 세바스티앵, 여기 재미없어."

세바스티앵은 이미 자리에서 일어나 엘레오노르 옆에서 미소를 띠우고 서 있었다. 두 사람은 제델만 부인에게 고맙다고 인사를 했다. 그렇지 않아도 놀랐던 부인은 감사 인사에 또 한 번 놀랐다. 사람들이 아무 말도 하지 못하는 사이, 남매는 그곳을 빠져나왔다. 클럽 계단에서 세바스티앵은 웃음을 터뜨렸다. 어찌나 웃음이 나던지 계단도 오르지 못할 정도였다. 누군가가 두 사람을 따라왔다. 같은 테이블에 앉아 있던 가수였다.

착하고 동글동글한 얼굴이었다.

"제가 모셔다 드릴까요?" 엘레오노르는 고개를 끄덕이고는 가수에게는 눈길 한번 주지 않고 커다란 미제 차에 몸을 싣고 주소를 읊었다. 세바스티앵의 폭소가 처음에는 엘레오노르에게, 그다음에는 가수에게 전염되었다. 남매는 가수의 청에 못 이겨 다른 곳에서 한잔 더 하기로 했다. 가수가 술에 거나하게 취해 남매를 바래다준 것은 새벽녘이었다.

"천천히 가요." 엘레오노르가 상냥하게 말했다.

"물론이죠. 정말 즐거운 시간이었어요. 정말 재미있는 장난이었고요."

"장난 아니었습니다." 세바스티앵이 부드럽게 말했다. "잘 가요."

1971년 7월

1971년의 여름은 정말 아름다운 여름이었다. 날씨는 쾌청했다. 농부들은 꼴을 베었다. 며칠 전 집으로 돌아오는 길에 리외레 근처에서 잠시 차를 멈추었다. 포플러 아래. 나는 건초 위에 누웠다. 짙은 푸른색 나뭇잎들이 햇빛 속에서 빙글빙글

춤을 추었다. 무언가를 되찾은 느낌이었다. 차는 참을성 많은 몸집 큰 짐승처럼 길가에 세워져 있었다. 내게는 모든 것을 할 수 있는 시간이 있었고, 아무것도 하지 않을 시간은 없었다. 그리 나쁘지 않았다.

 사실 내가 섬기는 유일한 우상, 유일한 신은 시간이다. 오직 시간만이 나에게 심오한 기쁨과 고통을 줄 수 있다. 이 포플러가 나보다 더 오래 살리라는 것을 나는 알고 있다. 대신 이 건초는 나보다 먼저 시들겠지. 나는 집에서 사람들이 기다린다는 것을 알고 있었다. 그러나 이 나무 밑에서 한 시간 정도는 거뜬히 머물 수 있다는 것도 알았다. 서두르는 것은 굼뜬 것만큼 어리석다는 것을 나는 알고 있다. 삶도 마찬가지다. 나는 모든 것을 알고 있다. 이 과학이 아무것도 아니라는 것을. 단지 운 좋은 순간일 뿐이라는 것을. 나로서는 그것만이 진짜다. 여기서 '진짜'란 '배울 것이 있는 것'인데, 그 또한 바보 같다. 나는 충분히 알지 못할 것이다. 완벽한 행복에 이를 만큼, 나를 충만하게 할 추상적인 열정을 가질 만큼, '무無'를 추구할 만큼. 그러나 잘 기억해보면 그 행복했던 순간들, 삶과 일체가 되었던 순간들이 일종의 담요가 된다는 것을 알 수 있다. 고독에 떠는 우리의 헐벗고 야윈 몸에 덮어주는 포근한 패치워크가 된다는 것을.

드디어 등장한 키워드, 고독. 우리의 열정과 우정의 그레이하운드들이 헉헉대며 끈질기게 쫓는, 경견장競犬場에 풀어놓은 작은 토끼 인형. 개들은 토끼를 절대 잡을 수 없지만 노력하면 언젠가 잡을 수 있지 않을까 생각한다. 면전에서 문을 쾅 닫아버려 정신을 차리게 되는 순간까지. 그 작은 문 앞에서 개들은 죽을힘을 다해 브레이크를 걸거나 플루토(디즈니 애니메이션 「미키 마우스」에서 미키 마우스의 애완견―옮긴이)처럼 머리를 박고 만다. 인간 세상에 있는 플루토의 수는…….

세바스티앵과 엘레오노르에게 신경을 쓰지 못한 지 두 달째다. 내가 없는 동안 나의 소중한 반 밀렘 남매는 어떻게 밥을 먹고 무엇으로 생활했을까? 후견인으로서 후회(기쁜 후회)를 느낀다. 남매가 신세를 지게 된 부자의 이름을 다시 찾아봐야 하는데…… 제델만 부부다. 내가 자리를 비운 동안 세바스티앵이 제델만 부인과 해야 할 일을 했는지 결정해야 한다. 불평이 없지는 않았을 것이다. 예를 들면 "이젠 나도 어린애가 아닌데, 나도 이제 늙었는데, 등등." 그리고 웃고 있는 엘레오노르. 그런데 남매는 어디에 살고 있는 걸까? 때는 거의 8월이다. 그러니 두 사람은 플뢰뤼스 가에도, 코트다쥐르에도 살 수 없다. 거긴 이제 끝났다. 그럼 도빌? 어쨌든 제델만 부인이 세바스티앵을 유혹하는 장면은 재미있을 것이다. 무대를 정하자. 진짜 루이 15세 양식이지만 '화려한' 스타일, 때는 포근한 오후가 끝날 무렵. 파리에서만 가능한 파란 여름 하늘. 변화를 주기 위해 겨자색 소파와 놀Knoll 가구 몇 점을 두자. 용기를 북돋우기 위해 세바스티앵과 동시에 물 탄 위스키를 크게 한 잔 마시자. 아니, 물은 빼자…….

'이런 망할!' 세바스티앵은 속으로 중얼거렸다. 그 전날 엘레오노르 앞에서 큰 소리로 했던 말이다. 내가 정말 성적으로 매력이 있을까 하는 괴로운 의심이 제델만 부인의 의도에 대한 괴로운 확신으로 변했다. '이런 망할! 어떻게 하지? 나한테 달려들어 나를 폭풍우 속에 던져 넣을 텐데.' 북유럽에서 태어난 아이들이 모두 그렇듯이 세바스티앵도 폭풍우를 두려워했다.

세바스티앵은 몽테뉴 거리에 있는 제델만 부부의 저택(불랄렌)에서 긴 다리로—아쉽게도 바지를 입은 채—화려한 거실 안을 거닐었다. 제델만 부인은 소파 위에 뻗어 있었다. 세바스티앵과 그의 금발 머리를 아주 잘 기억하고 있었던 그녀는 첫 만남 바로 다음 날 세바스티앵을 집으로 초대했다―세바스티앵은 '소환됐다'고 했지만. 거절하는 건 안 될 말이었다. 수중에 돈 한 푼 없었기 때문이다. 엘레오노르는 그런 세바스티앵을 불쌍해하면서도 그를 빈정거리며 현관까지 배웅했다. 마치 전장으로 떠나는 오빠를 배웅하는 누이 같았다. 그리고 지금 제델만 부인이 앞에 있다. 머리 손질을 하고 분칠을 한 늙은, 그러나 감탄할 만한 그녀였다. 늙었다는 것도 부당했다. 그녀는 단지 이제 더는 젊지 않을 뿐이다. 그것은 명백했다. 목, 겨드랑이, 무릎, 허벅지 등 여자의 잔인한 몸 구석구석에는 언젠가 지나치게 자세하고 정확한, 말하자면 무용한 교통지도가 그려진다.

노라 제델만은 호기심 어린 눈길로 세바스티앵이 서성거리는 모습을 바라보았다. 분명 그는 그녀에게 익숙한 타입이 아니었다. 꽃미남이 아니었던 것이다. 세바스티앵은 잘생긴 얼굴, 아름다운 손, 순수한 눈을 가지고 있었다. 그것이 그녀의 마음을 흔들었다. 그녀는 세바스티앵이 그녀의 거실과 침대에서 뭘 하려는 건지 아마도 세바스티앵만큼이나 궁금하고 알고 싶었을 것이다. 그러나 세바스티앵이 같은 생각을 하는 듯하자 행동으로라도 오해를 끝내야겠다고 결심한 쪽은 그녀였다. 그녀는 소파에서 가볍게 일어났다. 의도된, 고양이 같은 몸짓으로 그녀는 갑자기 다음 날 지압사를 만나러 가야 한다는 사실을 떠올렸다. 그리고 세바스티앵을 향해 몸을 틀었다. 세바스티앵은 그녀가 다가오는 소리를 들었다. 그는 창가에 얼어붙은 듯 서서 마음에 드는 여자를 떠올리려고, 넋을 놓고 읽었던 에로틱한 책을 떠올리려고 애썼다. 하지만 헛수고였다. 이미 그녀는 그를 마주하고 섰다. 그녀의 팔이 그를 감쌌다. 그녀가 그의 목에 매달리자 뉴욕에서 가장 비싸게 주고 산 모닝코트 지퍼가 부딪혀왔다. 세바스티앵은 스스로도 놀랄 만큼 예의 바르게 행동했다. 제델만 부인은 아주 멋진 커프스 버튼을 선물했고 세바스티앵은 곧바로 그 선물을 팔아버렸다. 그의 아름다운 새, 그의 누이, 그의 짝, 그의 가장 위대한 사랑 엘레오노르가 여왕 같은 저녁을 누릴 수 있도록······.

5

1972년 1월

이 소설과 나의 올바른 사고, 나의 불손한 스웨덴 남매를 버려둔 지 여섯 달이 다 되어간다. 여의치 않은 상황, 정신없이 돌아가는 일상, 게으름……. 지난 10월에는 아름답고 붉은 가을의 찬란함이 가슴을 엘 정도여서 행복에 겨운 나머지 이러다 죽는 게 아닐까 싶었다. 노르망디에서는 홀로 명랑하면서도 피곤하게 지냈다. 심장 근처에 생겼던 큰 생채기가 빠른 속도로 아무는 것을 보고 놀랐다. 상처는 보일락 말락 하는 납작한 분홍빛 흉터가 되었다. 훗날 그 상처를 믿지 못하겠다는 듯 손가락—기억의 손가락—으로 어루만지겠지. 내가 그렇게 약한 사람임을 확인하려는 듯이. 그러나 나는 풀의 맛과 땅의 냄새를 되찾고 그 안에 나를 묻었다. 또 자동차 안에서 머리가 터져라(정확한 표현이다) 「라 트라비아타」를 부르며 도빌까지 운전해 갔다. 인적 없는 뜨거운 10월의 도빌에서 나는 빈 바다, 뭔가에 놀란 듯 날아다니는 갈매기 떼, 백색의 태양을 바라보았다. 비스콘티(Luchino Visconti, 1906~1996: 이탈리아의 영화감독—옮긴이)의「베니스의 죽음」에서 튀어나온 듯한 사람 몇몇이 태양을 등지고 있었다. 그리고 나는 홀로, 마침내 홀로, 죽은 사냥감처럼 긴 의자 양쪽에 두 손을 늘어뜨렸다. 고독과 꿈 많은 사춘기, 절대 떠나지 말아야 하지만 다른 것들—지옥, 천국—이 끈질기게 떠나라고 하는 것에 몸을 맡겼다. 그곳에서는 다른 것들도 나와 이 의기양양한 가을 사이를 어쩌지 못했다.

그렇다. 그런데 여름 내내 나의 스웨덴 남매는 무엇을 하고 지냈을까? 8월에 연극을 올렸던 몽마르트르의 아틀리에 광장에서 나는 남매 걱정을 하고 있었다. 머리에 컬러curler를 말고 손에 가방을 든 아주머니들이 장을 보고 있었고, 개들은 마음대로 돌아다녔다. 여장 남자들은 화장을 제대로 지우지도 않고 뜨거운 태양 아래 거리를 헤매고 있었다. 가장 아끼는 카페 테라스에 앉아 나는 반 밀렘 남매를 제델만 부부와 함께 배에 태워 크루즈 여행을 보내거나 젊은 가수와 함께 지방 공연에 보냈다. 그들을 위한 에피소드들을 생각했지만 종이에 적지는 않았다. 리허설이 시작되면 아마 잊어버릴 것이다. 나는 그러리란 것을 알고 있다. 의식적으로, 그리고 터무니없이 나는 종이 위에 아무것도 적지 않는다. 오, 희열, 오, 후회……. 카트를 굳게 잡고 마트에서 잠깐 장을 보는 동안 개나 아이를 봐달라고 맡기는 사람들도 있었다. 행복한 한량과 대화도 나눴다. 나는 잘 지냈다. 앞으로 어두운 극장, 조명, 배우 문제가 있겠지만 지금 파리의 여름은 포근하고 파랗다. 내가 어떻게 할 수 있는 문제가 아니다. 변명과 알리바이를 늘어놓은 이 장을 마무리하자. 오늘 나는 다시 노르망디에 와 있다. 비가 온다. 춥다. 책을 마무리 못한다면, 몽둥이로 두들겨 패면 모를까 이곳을 나가지 않겠다. 약속했다. 휴!

"판 다시 틀어줄래?" 엘레오노르가 부탁했다.

세바스티앵은 손을 내밀어 전축의 톤암을 처음으로 가져갔다. 어떤 판을 말하는지 묻지 않았다. 한동안 고전을 듣던 엘레오노르는 샤를 트레네(Charles Trenet, 1913~2001: 프랑스의 대표적인 샹송 가수—옮긴이)의 앨범에 반했다. 요즘은 그의 노래밖에 들리지 않는다.

죽은 나뭇가지 위에서

마지막 여름새가

몸을 흔드네…….

　두 사람은 카프다일에 있는 제델만 부부의 빌라 테라스에 놓인 흔들의자에 누워 있다. 처음엔 참기 힘들었지만 세바스티앵은 어느새 노라 제델만에게 애정 같은 걸 느끼게 되었다. 그는 노라를 '레이디 버드'라고 불렀다, 노라는 질색했지만. 세바스티앵은 헨리 제델만을 '대통령님'이라고 부르며, 술을 조금 과하게 마실 때면 악질 정치 테러를 흉내 내곤 했다. 이미 정신적으로 제델만 부부를 매료시킨 엘레오노르는 바닷가에서 다시 좋아하는 독서에 빠져들었다. 햇볕에 그을린 상냥하고 조용한 엘레오노르는 소설의 책장 속에서 여름날이 마치 꿈처럼 지나가는 것을 보았다. 제델만 부부의 사교계 친구 몇몇이 엘레오노르에게 추파를 던졌지만 성공한 사람은 없었다. 대신 세바스티앵이 빌라 정원사와의 야간 데이트를 주선했다. 정원사는 멋진 청년이었다. 그러나 세바스티앵은 그 일에 대해 엘레오노르에게 묻지 않았다. 두 사람에게 '로맨스'가 농담거리인 만큼 각자의 은밀한 욕정의 발로는 불문율이었다. 서로의 성생활을 절대적으로 존중했기 때문에(그 와중에도 서로의 연애를 늘 놀리면서) 두 사람이 지금까지 함께 지낼 수 있었다는 것을 세바스티앵은 잘 알고 있었다. 두 사람은 이 시기에, 특히 이 해안에서 유행인 듯한 노출 벽도 질색했다. 터틀넥은 그들의 유일한 구원자였다. 1900년식 수영복을 입고 해수욕을 하고 나면 몸을 말리자마자 바로 옷을 주워 입었다. 사람들은 남매를 이상하고 신기하게 바라보았다. 둘 다 몸매도 완벽했기 때문이다. 남매 스스로는 그저 괜찮은 정도라고 생각했다. 몸에 대한 취향은 물맛이나 말, 강아지, 불을 좋아하는 것과 다를 바 없이 감각적이고 매끄럽고 자연스러운 것이라는 사실을, 방탕함이나 미학과는 하등 상관이 없는 것이라는 사실을 남매는 알고 있었다. 매일 밤 아무런 두려움 없이 노라 제델만을 품는 세바스티앵이 그 증거였다. 그는 그녀의 향수, 그녀의 피부, 조금 투덜대며 손길을 찾는 그녀의 방식에 익숙해졌다. 그럴 때면 아주 애틋한 무관심이 그를 엄습했고 말 잘 듣는 그의 몸이 그를 따랐다. 게다가 타고난 북유럽 사람인 그들에게 태양은 다른 사람들에게처럼 절대적이고 가학적인 신이 아니었다. 정작 남매는 모르고 있었지만 그런 모습이 남매의 위신을 더 높였다. 그 시기에, 그런 장소에서, 그토록 자연스럽게 태양과 선탠에 등을 돌리는 것은 돈을 등지는 것과 같았다.

제델만 부부의 친구들은 대부분 미국 갑부였다. 미국과 유럽을 하루가 멀다 하고 왕복하면서도 그리 세련되지 않은 사람들이었다. 그들을 고집스럽게도 받아주지 않는 파리의 살롱(상류 가정 객실에서 열리는 사교모임. 특히 프랑스에서 유행했다―옮긴이)들 때문에 그들은 자기들끼리 모일 때가 많았다. 자선파티가 열리면 그들이 불려갔다. 통 큰 기부를 한 그들은 점심 식사에 초대받기도 했는데 그 수준은 플라자 정도에 머물렀다. 따라서 분명 전통 있는 가문 출신일 반 밀렘 남매의 존재와, 그보다는 불확실한 세바스티앵과 노라 제델만의 관계는 그들을 얼떨떨하게 만든 것 이상이었다. 세바스티앵은 기부妓夫―(노라가 몇 명의 기부와 사귀었더라?)―와는 거리가 멀었지만 그와 그의 누이는 제델만 부부에게 노골적으로 빌붙어 살았다. 노라를 쫓아다니다가 알코올 문제 때문에 거절을 맛본 한 남자가 그런 생각을 이야기했다가, 말이 끝나기 무섭게 세바스티앵의 멋진 펀치를 맞았다. 그것으로 대화는 마무리되었다. 게다가 남매 사이도 조금 지나치게 친밀해 보였다. 종합해 보면 남매는 평범하지 않았다. 그들은 위험했고, 따라서 매력적이었다. 그해 여름, 노라처럼 정말 아름답고 돈 많은 여자들이 세바스티앵 주위를 맴돌았다. 그러나 모두 헛수고였다. 나름 관리를 잘한 미국인들도 엘레오노르의 완전한 무관심에 부딪혔다. 불쌍한 노라의 아주 보수적인 취향이 잘 알려져 있지 않았더라면 사람들은 남매 사이를 최악의 변태적 관계로 상상했을 것이다.

오늘 밤, 너의 마음은 변함없이 이곳에
그래요, 하지만 내일이면 해변의 제비들은 모두 떠나가고 없겠죠······.

트레네의 노래가 울려 퍼지고, 바다는 회색빛으로 변했다. 노라가 나타났다. 그녀가 입은 옅은 보라색 실크 튜닉에 엘레오노르의 눈꺼풀이 가볍게 떨렸다.
"칵테일 마실 시간이야. 아, 이 앨범은······ 아름답지만 너무 슬퍼······ 특히 요즘 같은 땐······."
"전축 꺼." 엘레오노르가 세바스티앵에게 말했다.
그리고 노라에게 상냥한 웃음을 띤다. 노라는 약간 의심 서린 웃음으로 답했다. 그녀는 엘레오노르에 대해 수많은 궁금

증이 생겼지만 엘레오노르라는 이름만 들어도 경직되는 세바스티앵에게서 답을 구하기는 포기했다. 엘레오노르가 있는 곳에는 늘 세바스티앵도 있으리라는 것만 알았다. 그것이 한편으로는 안심이 되면서도, 다른 한편으로는 조금 화가 났다. 엘레오노르에게 데이브 버바이라는 멋지고 훌륭한 남자까지 던져줬건만. 계획은 실패였다. 스웨덴 감옥에 갇혀 있다는 위고는 또 누구인가? 그리고 그녀 앞에 나타난 정체불명의 애인 세바스티앵은? 예의 바른 그 남자는 정중하면서도 가볍게 그녀의 선물을 받았고, 마흔 살에도 젊은이처럼 박장대소하며 웃고, 알 수 없는 우울함에 빠져들었다. 철저히 냉소적인 그에게 애착이 갔다. 그녀는 돈으로 뭘 사야 하는지, 뭘 샀는지 잘 아는 여자였다. 그래서 걱정이었다. 그는 파리에서 뭘 할 작정일까? 몽상가 누이와 어디에서 살 작정일까? 그녀를 믿고 있는 걸까, 아니면 운에 맡기는 걸까? 그는 돌아갈 일에 대해서는 입도 뻥긋하지 않지만 사흘 뒤면 모두 파리로 돌아가야 했다.

정원사 마리오가 오솔길을 걸어 올라와 웃으며 손에 든 보랏빛 달리아를 노라에게 건넨다. 엘레오노르는 그런 그를 애틋하게 바라보았다. 새벽녘에 방의 창문을 열면 마리오의 그

올린 날씬한 등, 나뭇가지를 쳐내는 긴 팔의 민첩한 동작과 구릿빛 목덜미가 보였다. 뒤를 돌아볼 때마다 그는 처음에는 예의 바른 웃음을 짓다가 이내 웃음을 멈추었다. 그러면 엘레오노르도 웃어 보이고는 이내 창문을 닫아걸었다. 사람들이 모두 잠들었거나 몬테카를로 혹은 칸으로 놀러 나간 밤이면 엘레오노르는 그를 만나러 정원으로 내려갔다. 정원 한쪽에는 연장을 보관해둔 오두막이 있었는데, 신선한 민트와 소나무 향이 났다. 마리오는 가끔 그녀를 댄스파티에 데려가기도 했다. 마리오의 환한 웃음, 마리오의 탱탱한 입술, 마리오의 뜨거운 몸, 마사지가 필요 없는 몸……. 그는 타고난 건강 체질에 온화하고 재미있는 사람이었다. 엘레오노르는 마리오에게 가까이 붙어서 숨을 쉬었다. 가구가 지나치게 많은 집과 시끄러운 사람들, 돈 부딪히는 소리와 멀리 떨어져서. 뭐라 해도 이번 휴가를 책임진 것은 세바스티앵이었다. 세바스티앵, 이상적인 오빠.

"마지막으로 딴 달리아이니 반 밀렘 부인에게 드려요. 정말 아름답죠, 이 보라색……!" 노라가 말했다.

마리오는 엘레오노르를 향해 서서 꽃다발을 내밀었다. 마리오의 셔츠가 내려오자 목에 난 보랏빛 멍이 보였다. 이틀 전 엘레오노르의 이빨 자국이 그대로 남아 있었다. 멍은 만개한 꽃과 같은 색을 띠고 있었다. 누이의 창백한 눈망울 안에서 수많은 향수와 수많은 회한의 불꽃이 노을과 함께 물드는 모습을 지켜본 세바스티앵은 내심 놀랐다.

아, 나도 안다. 내가 다시 하찮은 주제에 빠졌다는 것을. 진짜 문제라고는 없는, 드라마 같은 가벼운 세계. 맞다. 무한대로 참을성 많은 나도 신경질이 날 참이다. 예: 나는 일 잘하는 여자는 일 잘하는 남자만큼 돈을 받아야 한다고 생각하고, 공공연하게 내 생각을 표현했다(지금도 그렇다). 그리고 아이를 갖는 문제는 여자가 자유롭게 결정해야 하고, 낙태는 합법이어야 한다고 주장했다. 그렇지 않으면 낙태가 돈 많은 여자에게는 잠깐의 불편이겠지만 돈 없는 여자에게는 끔찍한 도살 행위가 될 수 있기 때문이다. 나도 낙태를 한 적이 있다고 나의 위대한 신들 앞에서 맹세했다. 어느 주간지에서 "여성들이여, 당신의 배는 그 누구도 아닌 당신 것입니다."—이 얼마나 슬프면서도 훌륭한 표현인가!—라는 말을 읽었다. 수많은 탄원서에 서명을 했고, 재산을 탕진한 은행가, 유제품 상인, 택시 운전사가 하나같이 한탄하는 소리를 들었다. 미쳐서 날뛰는 세무사에게 그야말로 완전히 털리기도 했다(처음부터 지스카르 데스탱(Valéry Giscard d'Estaing, 1926~ : 프랑스 20대 대통령—옮긴이)을 믿지 말았어야 했다. 그놈의 터틀넥부터 마음에 들지 않았건만……. 그 터틀넥들은 다 어디 갔을까?). 역겨워 텔레비전을 열다섯 번은 부술 뻔했고, '서민을 위한' 열 개의 공연은 어찌나 지루하던지 하마터면 의자에서 떨어질 뻔했다. 사람들의 무기력과 무력한 분노, 선한 의지, 기만, 루이 필리프풍의 이 체제에 만연한 무질서를 보았다. 노인들이 추위에 벌벌 떨며 종종걸음 치는 것도 보았고, 절대주의적인 연설, 온건한 연설, 어리석은 연설, 똑똑한 연설도 들었다. 굉음을 내는 스포츠카가 있긴 했지만 다시 무산계급이 되었다. 이 모든 일을 거친 나는 이 길로 '돈이 중요하지 않은' 상상과 공상의 세계로 들어갈 것이다. 그렇다. 그것은 나의 권리이다, 내 전집을 사지 않는 것이 모든 독자의 권리이듯이. 이 시대는 나를 절망하게 한다. 나는 일중독자도 아니고, 양심이 내 장점도 아니다. 그러나 지금 나는 문학 덕분에 내 친구인 반 밀렘 남매와 즐기러 간다. 드디어 할 말을 했다. 휴!

6

 가학적인 건 아니었지만 노라 제델만은 권력을 과시하길 좋아했다. 오를리공항에서 내려 캐딜락에 오르고 난 다음에야 세바스티앵과 엘레오노르에게 어디에 내려줄지 물은 것도 다 그 때문이다.
 "마담 가 8번지요." 세바스티앵은 가벼운 목소리로 말했다. "돌아가는 길이 아니라면요."
 노라 제델만은 몸을 웅크렸다. 절망에 빠진 남자의 대답 "크리용으로 가요"와 자신에 찬 나의 대답 "당신이 원하는 곳이라면 어디든지"를 원했건만. 결국 지난 열흘 동안 죽어라 헛수고만 한 셈이 아닌가. 그녀는 아무것도 몰랐다.
 "거기에 친구들이 있나요?"
 "우리가 친구 집에만 얹혀사는 줄 알아요?" 세바스티앵은 상냥하게 웃으며 말했다. "친구 한 명이 방 두 개가 딸린 아파트를 구해줬어요. 아주 멋진가 보더라고요. 임대료도 비싸지 않고."

'네 카르티에 시계나 담뱃갑만 팔아도 되겠다!' 노라는 화가 났다. 남매를 몽테뉴 가로 데리고 가서 엘레오노르는 손님방에, 세바스티앵은 그녀의 방과 가까운 서재 겸 거실에 재울까 생각했던 참이다. 착한 요정이나 구세주가 될 수 있으리라 생각했다. 그런데 예상하지 못했던 남매의 계획으로 요정의 역할도, 익숙해진 세바스티앵의 나른한 존재도 빼앗기고 말았다. 커다란 아파트에 혼자 들어가—남편은 뉴욕에 있다—치와와 두 마리와 함께 지내게 생겼으니. 불안이 밀려왔다.

"저런, 우리 집에 재워줄 수 있었는데."

"여름 내내 신세 진 걸로 충분해요. 더 이상 폐 끼치고 싶지 않아요." 엘레오노르가 차분하게 말했다.

'노라를 놀리고 있군.' 세바스티앵은 이 상황이 재미있었다. '어쨌든 잘됐어. 사람을 괜히 기대하게 만드는 게 어디 있담? 사흘 만에 커프스 버튼을 전부 팔아버리고 로베르에게 긴급 우편환을 보낸 것만 생각하면……. 흥정과 우체국이라면 질색하는 내가. 로베르가 그 지역을 꽉 잡고 있으니 망정이지……. 살 만한 곳이었으면 좋겠다. 겨우 석 달이지만.' 임대료 석 달 치는 미리 지불해두었다.

자동차는 낡은 건물 앞에 멈춰 섰다. 노라는 망연자실해 보였다.

"전화드릴게요." 엘레오노르는 상냥했다.

남매는 손에 가방을 들고 길 위에 섰다. 어디로 들어가야 하는지도 몰랐지만 그들은 늘씬했고 금발이었고 주위에 무관심했다. 돈을 줄 수는 있지만 살 수는 없군. 노라는 절망에 잠겨 생각했다. 어쨌든 그들은 '둘'이었다. 혼자가 아니었다. 노라는 마음을 굳게 먹고 손을 들어 인사한 뒤 몸을 뒤로 젖혀 앉았다.

"1층이라서 좋아. 관리실이 어디지?" 엘레오노르가 물었다.

아파트는 아주 어두웠다. 비좁은 정원은 화단이라 해야 더 어울릴 듯했다. 가구 하나 없는 거실 양쪽으로는 매우 작지만 조용한 방이 하나씩 있었다. 붉은 카우치가 있었고, 하나 있는 테이블 위에는 위스키 한 병과 로베르, 믿을 수 있는 로베르가 남긴 환영한다는 쪽지가 있었다.

"어때요?" 관리인이 물었다. "여름에는 어둡지만 겨울에는……"

"아주 좋은데요." 엘레오노르가 카우치 위에 누우며 말했다. "정말 감사해요. 내가 책을 어디 뒀더라?"

관리인이 어리둥절해하는 사이 엘레오노르는 큰 가방을 뒤져서 비행기에서 읽던 책을 찾아 읽기 시작했다. 바닥에 짐들이 널브러져 있었고, 세바스티앵은 거실과 방 사이를 고양이처럼 돌아다녔다.

"완벽해요, 완벽해. 그건 그렇고, 부인(관리인에게 하는 말이다), 화장이 아주 잘되셨네요."

"맞아요." 엘레오노르가 올려다보며 거든다. "나도 봤어요. 그렇게 하기 쉽지 않은데 아주 보기 좋아요."

관리인은 웃음을 머금은 채 뒷걸음질 치며 아파트를 빠져나갔다. 그녀가 외모에 신경을 쓰는 건 사실이었다. 반 밀렘 씨에게는 뭔가 매력이 있었다. 여동생도 마찬가지였지만. 좋은 사람들이라는 걸 분위기만 봐도(그리고 그들의 가방만 봐도) 알 수 있었다. 조금 산만한 것 같긴 하지만……. 오래 머물지는 않겠지. 웬일인지 관리인은 벌써 남매가 그리웠다.

"노라에게 전화해야겠어." 세바스티앵이 말했다. "우리 번호도 갖고 있지 않고 그렇게 차에 짐짝처럼 혼자 보내는 게 아니었어."

"오, 루이뷔통 가방 말이야?" 엘레오노르는 소설에서 눈을 떼지 않고 물었다. 어디 것인지도 알 수 없는 낡고 더러운 카우치가 아주 편한 모양이었다.

  엘레오노르는 오른쪽에 담배를 성냥과 가까이 놔두고 신발을 벗었다. 지금 읽는 추리소설은 좀 끔찍하고 역겨운 형사들도 등장하긴 하지만 지겹지 않았다. 세바스티앵은 집 안을 서성거렸다. 첫 기쁨도 잠시, 아파트가 우스꽝스럽고 형편없으며 그들의 수준에 맞지 않는 것 같았다. 세바스티앵은 불안(독일어로는 '캐천재머Katzenjammer')이라는 게 생기기 시작했다. 드물게도, 누이의 태평한 모습에 짜증이 났다. 그들이 처한 운명보다는 무기력 때문에(바로 당장 그는 그 자신을 어찌할까?) 더 화가 났다. 짐을 풀 마음도, 옷걸이를 찾아 옷을 걸 마음도 전혀 없었다. 카페에 갈 마음도 아예 사라졌다. 카페는 그의 중요한 은신처인데도 말이다. 사실 그는 혼자 있고 싶지 않았다―추리소설을 읽으면서 일부러 꿈쩍하지 않는 엘레오노르 앞에서 갑자기 몹시 외로워졌던 것이다. 엘레오노르가 '뭔가' 했어야 했다는 생각이 들었다. 머릿속에서 자꾸 '뭔가'라는 생각이 들었는데 나중에 보니 두세 달 전부터 그 '뭔가'를―세바스티앵이 내뿜는 매력과 노라가 가진 돈 덕분에―노라 제델만이 하고 있었다는 걸 깨달았다. 세바스티앵은 자신이 유치하고 불평이 많은 데다 버림받았다는 느낌이

들었다. 엘레오노르—여름 내내 손가락 하나 까딱하지 않았다—가 적어도 그 사실을 깨달았어야 했다. 결국 그는 레아 없는 '셰리'(프랑스 여류 작가 콜레트의 작품 『셰리Chéri』에서 여주인공 레아 드 롱발이 젊은 애인 프레드 플루를 부르던 애칭이 '셰리'였다. 프랑스어로 '셰리'는 애인 간에 쓸 수 있는 애칭이다—옮긴이)가 된 것 같았다. 마흔 살의 '셰리'라고 생각하니 의기소침해졌다.

"왜 루이뷔통이야?" 세바스티앵이 공격적으로 물었다.

"제일 튼튼하니까." 엘레오노르는 세바스티앵에게 여전히 눈길 한번 주지 않은 채 대답했다. 제델만 부부의 견실한 관계, 그들의 안락하고 체계적인 생활을 떠올리니 세바스티앵은 그들의 대한 향수를 말 그대로 피부로 느꼈다.

어떻게 보면 세바스티앵 반 밀렘은 카라마조프 형제의 늙은 아버지 같았다. 어떤 여자를 앞에 세워놔도 매력을 느꼈기 때문이다. 그는 여자가 가진 육체적 장점보다는 오히려 단점을 훨씬 더 사랑했다. 여자가 그 단점을 기분 좋게든 기분 나쁘게든 직접 입에 올리지만 않는다면 그는 넉넉한 허리 살이나 축 처진 목, 주름진 손에 거부감을 느껴본 적이 없었다. 그는 사랑이란 미스 프랑스와는 무관하다고 생각했다. 오히려

질 드 레(Gilles de Rais, 1404~1440: 프랑스 귀족이자 군인. 수많은 아동을 강간, 고문, 살해해서 근대 연쇄살인범의 시초로 여겨지는 인물이다―옮긴이), 앙리 8세, 보들레르와 그의 물라토 애인의 관계 같은 것이라고 생각했다. 그는 몸매가 엉망인 뚱뚱한 여자들이 많은 남자―때로는 천재―들을 손에 꽉 쥐고 있던 것은 그런 자신의 몸을 친구처럼, 혹은 충성스러운 애완견처럼 그녀 자신뿐만 아니라 남자들의 기쁨을 위해서 당당하게 받아들였기 때문이라는 것을 알고 있었다. 사랑과 사랑에 빠진 몸. 그리고 따뜻한 몸. 남자들이 원하는 건 그것뿐이었다. 누군가의 쾌락 속에 몸을 숨기는 것. 주인, 하인, 매를 맞는 사람, 매를 때리는 사람이 되는 것.

그 모든 것에 세바스티앵은 항상 민감했다. 그보다 나이가 많은 여자, 남자인 그보다 외모가 떨어지는 여자와 육체적인 관계를 맺는 지금, 그녀가 그를 흠모하는 마음은 육체적 자극 이상의 것이 되었음을 그는 깨달았다. 그것은 일종의 자신감이었다. 클로비스 1세처럼 표현할 수 있는 너그럽고도 경망스러운 자신감이었다.

"고개를 숙여라, 자만에 빠진 세바스티앵. 너를 사랑하는 여인을 사랑하라. 더 기운 뺄 이유가 없다. 때로는 그것만으로도 충분하니."(프랑크 족을 통일해서 최초의 프랑크 왕국을 수립한 클로비스 1세가 가톨릭으로 개종하면서 레미기우스에게 세례를 받을 때 들었던 말 "고개를 숙여라, 자만에 빠진 시캄브리 족아. 네가 불태운 것을 사랑하라"를 패러디했다—옮긴이)

"무슨 말이야, '제일 튼튼'하다니?"

엘레오노르는 고개를 돌리며 책을 무릎 위에 올려놓더니 웃음을 터뜨렸다.

"신사인 척하지 마. 노라의 재산을 말하는 것도 아니고, 노라의 몸을 말하는 것도 아니니까. 노라가 오빠에게 정말 마음이 있다는 거지. 그리고 난 오빠가 노라에게 전화해야 한다고 생각해. 지금 노라는 혼자일 테고 무서울 테니까. 내가 오빠라면 지금 당장 노라네 집으로 달려갈걸? 내일 여기로 돌아오면 멜뤼진 요정(중세 설화와 기사 이야기에 등장하는 반인반수의 멜뤼진은 출산을 관장하는 요정이다—옮긴이)이랑 착한 마법사가 깨끗하게 치워놓은 집을 보게 될 거야. 여기서 요정이랑 마법사는 바로 나를 말하는 거지."

두 사람은 잠시 서로를 바라보았다. 갑자기 생쥐 그림을 보고 어떻게 해야 할까 망설이는 샴고양이 두 마리처럼 서로를 의심했다. 두 사람 사이에는 경멸도, 동정도 없었다. 다만 처음으로 서로가 똑같은 마음인지 확신할 수 없었다.

  한 시간 뒤, 기뻐서 펄쩍 뛰는 노라가 기다리고 있을 몽테뉴 거리를 향해 달리는 택시 안에서 세바스티앵은 불량한 사람, 자유분방한 사람, 반 고흐 같은 사람은 이제 그가 아니라 엘레오노르라고 생각했다. 언제, 어디서인지 알 수 없지만 엘레오노르는 어떤 면에서 이미 무기를 버렸다.

7

1972년 2월

몽둥이라도 들이대면 그때 완성된 책을 끼고 이곳(시골)을 나가겠다고 그토록 다짐했건만. 아, 운명이 날 가만 내버려두지 않는다……. 요즘 별자리 기운이 반 밀렘 남매와 내 위를 맴돌고 있다. 그 기운 탓에 몇 미터 아래로 떨어져 골절상을 입었고 파리에서 엑스레이를 찍었다. 물론 심각한 부상은 아니다. 내 작품을 꾸준히 읽는 독자들은 악운을 몰아내기 바란다. 도대체 어떤 기계가 나를 이길 수 있을지 모르겠다. 그 기계가 갖는 세금의 힘이나 마력이 얼마이든 간에 말이다. 사람들은 단지 내 도덕적 사유나 훌륭한 결정만 꺾을 수 있을 뿐이다. 예: "난 시골로 갈 거야. 거기서 일할래. 맘껏 즐겼으니 이제 뭔가 가치 있는 걸 글로 적어야지." 따옴표로 닫자.

내 인생에는 엄청나게 많은 따옴표가 있었다. 생각해보면 가끔 느낌표(열정)도 있었고, 물음표(우울), 말줄임표(무사태평)

도 있었다. 그리고 (편집자가 조급하게 기다리고 있을) 원고 마지막에 엄숙하게 찍혀야 할 마침표를 향해 날아가던 중 나는 엉뚱한 곳에 착륙하고 말았다. 팔을 접질려서 없어도 될 붕대를 감고(이 나이에!) 있다. 정말 없어도 될까? 무사태평(말줄임표)한 기질이 잠에서 깨지 않기를. 이 완벽한 알리바이―사고―를 핑계로 행복한 무의식 상태로 다시 빠져들지 않기를. 그렇게 되면 나는 비정상적으로 집중해서 전혀 움직이지 않고 창문 밖으로 뤽상부르공원의 나무들을 바라보곤 한다. 그리고 지금은 아주 조촐한 파티나 시사회 등 사강, 이탈리아에서 부르듯 '라 사강'의 이름으로 초대된 모든 곳을 철저히 거절하고 있다. 많이 고민해서 거절하는 것은 아니다. 그것은 사람들이 나에 대해 갖고 있는 이미지를 생각할 때면 신경질적으로 터져 나오는 웃음 같은 것이다. 그 이미지가 내게 도움이 되지 않았다는 말은 아니다. 다만 페라리, 위스키, 스캔들, 결혼, 이혼 등 대중이 말하는 예술가의 삶을 보낸 지도 벌써 십팔 년이다. 하긴 그 아름다운 가면에게 어떻게 고마워하지 않을 수 있을까. 다소 원시적이긴 하지만 그래도 내가 가진 취향, 그러니까 속도, 바다, 자정, 모든 화려한 것, 모든 어두운 것, 나를 잃게 만드는 것, 고로 나를 찾게 만드는 것에 딱 들어맞는걸. 자기 자신의 가장 극단적인 면, 자기가 가진 모순들, 자기가 좋아하는 것들, 혐오하는 것들, 자기가 가진 분노와 악랄하게 싸워야만 인생이란 게 뭔지, 어쨌든 적어도 내 인생은 뭔지, 아주 약간, 그렇다, 아주 조금이라도 들여다볼 수 있다. 그 무엇도 내게서 그 생각을 빼앗아가지 못할 것이다.

거기에 나는 도덕적 베일(요즘은 모자에 베일을 달지 않아 유감이다. 많은 여자들에게 베일이 잘 어울리는데)을 덧붙인다. 그리고 도덕이나 미학적 원칙 때문에 누가 나를 죽인다고 해도 좋다고 덧붙이겠다. 하지만 내가 존중하는 것들을 지붕 위에 올라가 외치고 싶지는 않다. 언젠가 그 원칙들을 지키지 않는 사람이 앞에 나타나면 모든 것이 저절로 증명될 것이고, 그뿐이면 족하다. 게다가 성명서 밑에 내 이름이 들어가면 사람들이 가볍게 여긴다는 건 잘 알려진 사실이다. 실제로 사람들은 내게 서명을 부탁하면서도 그런 점에 대해 불평을 하곤 했다. 그래도 내가 서명을 하는 건 늘 진지한 이유 때문이었다. 사람들이 날 대체로 진지하지 않게 보는 건 이해할 만하다. 하지만 1954년(내 영광의 시간이었던), 사람들이 내게 스캔들 작가와 부르주아 출신의 젊은 여자, 두 가지 역할을 놓고 하나를 고르라고 했던 일은 힘들었다. 왜냐하면 난 이도 저도 아니었기 때문이다. 차라리 스캔들을 몰고 다니는 젊은 여자와 부르주아 출신의 작가 중에 고르라고 했다면 더 쉬웠겠다. 하나같이 잘못된 답 중에서 내가 높이 평가하지도 않는 사람들을 위해 선택을 하고 싶지는 않았다. 내게 남은 유일한 해답은, 정말 잘 골랐다고 생각하는데, 내가 하고 싶은 걸 하는 거였다. 파티. 게다가 그것은 여러 소설과 다양한 희곡들로 점철된 아름다운 파티였다. 그리고 거기에서 내 이야기는 끝났다. 하긴, 내가 뭘 할 수 있을까? 늘 나를 유혹했던 건 내 삶을 불사르는 것, 술을 마시고, 나를 잊고, 취하는 것이었다. 인색하고 어둡고 잔인한 우리 시대에 터무니없고 무용한 이 놀음이 나를 즐겁게 한다. 그리고 지금 생각해도 놀라운 우연 덕분에 나는 거기에서 벗어날 수 있는 방법을 찾았다. 하하!

  친애하는 독자 여러분, 안녕들 하십니까? 당신의 어머니는 당신을 사랑합니까? 아버지는요? 아버지는 당신의 귀감이었습니까, 아니면 악몽이었습니까? 인생이 당신을 막다른 골목으로 몰아붙이기 전에 당신은 누구를 사랑했습니까? 당신의 눈 색깔이, 당신의 머리 색깔이 어떻다고 말해준 사람이 있습니까? 밤이 두렵습니까? 잠꼬대를 합니까? 당신이 남자라면,

성질 고약한 여자들을, 여자란 자고로 따뜻한 날갯죽지에 남자를 품어야 한다는 걸 이해하지 못하는 여자들을—최악은 그럴 줄 안다고 착각하는 여자들이죠—떨어져 나가게 할 가슴 시린 고통을 가지고 있습니까? 당신의 상관부터 아파트 관리인까지, 마주치기도 싫은 주차단속 요원부터 한민족 전체를 책임지는 불쌍한 마오쩌둥까지, 모든 사람들이—당신을 포함해서요—외로움을 느낀다는 걸, 죽음만큼 삶에 대해서도 두려워한다는 걸 아십니까? 이런 진부한 생각이 두려운 것은 이른바 인간관계에서 우리가 그것을 늘 잊고 살기 때문입니다. 우리는 이기거나 적어도 살아남기만 바라니까요.

좋은 집에서 태어나 버릇없이 자라는 프랑스 아이들이여, 당신들이 주위에 어떻게 비치는지 보십시오. 사랑의 행위에서, 그리고 당신 애인의 눈에서도. 보수주의, 속물주의는 거실에서와 마찬가지로 거만하고 조용하게 침대 밑에서 잠자고 있습니다. 사랑하고 사랑받지 않는 한—두 조건이 동시에 충족되는 때는 드물지만—침대에서 '올바르게' 행동하는 사람은 결코 없습니다. 그리고 가끔 모두가 아무도 사랑하지 않는 것 같은 것은 그야말로 끔찍하지요! 우리가 나누는, 우리가 나누려고 노력하는 긴장되고, 불연속적이고, 종국에는 거의 고통스러울 정도의 대화는 단련된 철의 장막이 되었습니다. 저는 늘 고집스럽게, 막연하게 이해하려고 노력했습니다. 삶과 사이좋게 지냈습니다. 그렇지만 가끔 더는 견딜 수 없을 것만 같고, 나를 상대하는 사람들도 더는 참지 못하는 것 같습니다. 샌들의 먼지를 털어내고 인도로 도망치고 싶습니다. (히피의 길이 마세라티를 타고 달리기에는 적당하지 않을까 봐 걱정입니다.) 내가 말을 거는 사람들은 내 친구들이고, 그들은 내게 대답합니다. 우리는 서로를 이해하지요. 하지만 제가 우리에 대해 갖고 있는 이미지는 쇠와 강철로 무장한 군인들의 모습입니다. 그들은 「사티리콘 *SATYRICON*」에서 펠리니가 만들어낸 이상한 배를 타고 티베리우스가 죽게 될 해안가로 접근하는 군인들입니다. 다만 펠리니가 제게 말했듯이, 그 배는 상상의 배입니다. 펠리니가 감시하지 않았다면 그 배는 결코 바다 위에 뜰 수 없었을 것이고, 처음으로 발을 헛디딘 군인은 가차 없이 바다 밑으로 떨어졌을 것입니다. 신은 펠리니가 아니므로 언젠가 우리는 삶에서 아무것도 이해하지 못한 채 바다 밑에서 모두 다시 만나게 될 것입니다. 하지만 조금이라도 운이 좋다면 검을 쥔, 혹은 검을 쥐지 않은 손이 우리 손을 꽉 잡아 줄 것입니다.

8

 추리소설답게 결말이 좋지 않은, 그러니까 범인은 죽고, 피해자는 다치고, 형사는 환멸을 느끼는 추리소설을 다 읽은 엘레오노르는 앞으로 지낼 곳의 풍경이 될 아파트의 검붉은 벽, 루이 필리프 스타일의 테이블, 그 위에 놓여 있는 장식품 세 개를 흥미롭다는 듯 바라보았다. 세바스티앵이 가버렸다. 그건 아주 드문 일이었다. 하지만 엘레오노르는 그런 그를 이해하고도 남았다. 그녀에게는 모든 활동, 모든 소유, 모든 관계가 타협이었다. 이기고, 지는 것이었다. 세바스티앵은 벌벌 떤다. 텅 빈 아파트에서 무심하게 서성이던 엘레오노르는 거울을 발견하고 거울에 비친 그녀의 모습을 바라본다. 파운데이션을 덧바르고 마스카라와 립스틱을 다시 발라야 했다. 그렇게 해서 속으로 느끼고 있는, 그녀를 지탱해줄 유일한 진실을 인위적으로 다시 살려내야 했다. 엘레오노르는 바라는 것이 없었다. 두려운 것도 없었다. 빌리에 드릴라당(Villiers de l'Isle-

Adam, 1838~1889: 프랑스의 문인이자 군인—옮긴이)이 말했듯이 '삶은 하인들이 우리 대신 살아주는 것'이었다. 그녀의 눈은 지금까지 정말 많은 것을 봐왔기에, 마스카라로 속눈썹을 올리는 그녀의 손짓에는 뭔가 아주 무의미한 것이 있었다. 그녀의 입술은 다른 입술을 수없이 경험했기에 입술을 다시 그리는 그녀의 손짓에는 뭔가 아주 무의미한 것이 있었다. 조급하고 억센 손들이 헝클어놓은 머리를 빗고 손질하는 데에는 뭔가 아주 과장된 것이 있었다. 그 손들은 더 멀리, 더 정확하게는 더 높이, 사람들이 모든 감각의 중추요, 위대한 추론가요, 훌륭한 CEO라고 부르는, 목덜미 안쪽의 숨뇌까지 가지 않았다.

엘레오노르는 짐을 풀 힘도 없었고 그럴 마음도 없었다. 파리는 낡은 램프처럼 흐릿해 보였다. 견딜 수 없을 정도로 슬픈 이 아파트는 불편하지는 않았지만 뭐라고 표현해야 좋을지 모를 기분에 젖게 했다. "그래, 그래. 여름도 잘 보냈구나." 그녀 자신과 오빠 그리고 모든 사람에게 낯선 이로 화장을 한 엘레오노르는 그녀가 처한 상황에서는 외출이 불가능하다는 것을 알고 있었다. 추리소설 한 권을 더 읽는 것 말고는 아무것도 할 수 없는 처지임을 아는 그녀는 화장을 한 채로, 아주 아름다운 모습으로, 낡은 카우치 위에 다시 누워 기다렸다.

먼저 심장박동이 가라앉기를 기다렸다. 누군가를 위해 뛰어 본 적 없는 이 바보 같은 녀석, 이 미친 녀석이 태엽을 세게 감은 시계추처럼 아주 규칙적으로, 아주 힘차게 뛰기 시작했기 때문이다. 그 소리가 얼마나 시끄럽던지 시쳇말로 고막이 찢어질 것만 같았다. 엘레오노르는 더 이상 아무것도 할 수 없었다. 관리인이 친절하다고 생각하면서도 말을 걸 수 없었다. 세바스티앵에게도 그의 행동이 우습다는 걸 증명할 수 없었다. 어차피 그 행동은 그녀만을 위한 것이었으니까. 위고를 보러 갈 수도 없었다. 스톡홀름 감옥의 벽은 엘레오노르에게 한없이 두꺼웠다. 마리오를 다시 만날 수도 없었다(아름다운 여름). 엘레오노르가 그러한 것처럼 마리오도 그녀를 잊어버렸을 것이 틀림없다. 이 치명적인 슬픔, 그녀의 삶 밑바닥에 항상 자리하고 있던, 열여덟 살부터 스물여덟 살까지 십 년 동안 싸웠으나 뿌리를 뽑아낼 수 없어 이제는 받아들이게 된 고독이, 그녀의 오빠, 그녀의 카스토르, 그녀의 폴리데우케스(카스토르와 폴리데우케스는 제우스와 레다의 쌍둥이 아들이다. 형제애가 깊어 카스토르가 죽자 불사신이었던 폴리데우케스도 죽음을 선택한다―옮긴이)가 그녀를 버려두고 간 이 검붉고 더러운 아파트에서 더 크고, 더 비열하고, 더 숭고하게 다가왔다. 엘레오노르는 흰 알약 앞에서 주저했다. 그것이 쉬운 방법이라는 걸 그녀도 알고 있었다. 하지만 그건 조금 지나치게 천박하고, 더 정확히 말하자면 조금 지나치게 손쉬웠다. 그녀는 관리인이 친절하게도 준비해준 침대 두 개 중 하나에 몸을 누일 것이다. 잠을 청하면서 아이나 남자를 안듯 베개를 끌어안는다면, 그것은 잠 때문에 본능적인 반사 반응이 사라진 탓일 것이다.

이 매력적인 직업에서 곤란한 건 사명, 욕구, 정신적 자살, 보상 그리고 나처럼 십팔 년 정도 되면 글자 그대로 상상할 수 있고 생각할 수 있는 모든 평가를 당한다는 것이다. 예를 들어 나는 명랑한 부인들이나 탱탱한 젊은이들에게 『슬픔이여 안녕』, 희곡 「스웨덴의 성」을 무척 좋아하다는 말을 늘 듣는다. 의도가 아무리 좋아도 그런 말은 작가에게는 조금 우울하게 들린다. 예쁘고 건강하게 자라서 자기 갈 길을 가고 있는 두 자녀와 별로 인기 없이 쩔뚝거리는 불쌍한 오리 새끼들을 줄줄이 데리고 있는 기분이 든달까? 이런 독자들이 가장 많다. 그런가 하면, 읽지 않고 '본' 사람들도 있다. "다른 사람들처럼 저도 『슬픔이여 안녕』이 정말 좋았어요. 하지만 역시 『브람스를 좋아하세요』가 최고더군요. 거기 나오는 잉그리드 버

그만이 얼마나 예쁘던지!" 그나마 세련된 세 번째 부류는, "연출이 엉망이에요."(여기서 나는 부끄러워 눈을 내리깐다. 연출자가 바로 나이기 때문이다.) "선생님 희곡 중에서 제가 좋아하는 건 「행복, 실수 그리고 통행로」인 것 같아요." 네 번째 부류는 더 전문적인 아웃사이더들이다. "제가 유일하게 좋아하는 선생님 작품(나머지는 휴지통에 버리고 싶다는 말), 과격하고 집착적인 뭔가가 담긴 유일한 작품은 『신기한 구름』입니다." 그럴 때면 이상한 행동을 하게 된다. 꾸짖음이 지나칠 때 새끼를 보호하고 싶은 어미 닭이 되거나 아예 체념하고 동의한다―어떤 행동을 취하느냐는 날마다 다르고 상대마다 다르다. '이 불쌍한 바보야, 내 최고의 책은 바로 이거야!' 하고 생각하며 아무에게나 덤벼들어 목덜미를 움켜잡을 수도 있다. 아니면 반대로 '그래요, 당신 말이 맞아요. 뭐 하나 가치 있는 게 없죠'라고 생각할 수도 있다.

그러고 보면 내가 하는 일에 대한 사람들의 솔직한 반응, 천박한 반응, 친절한 반응이 뒤섞이면 상당히 혼란스럽다. 그러나 그건 아주 논리적인 일이다. 200쪽에서 300쪽―나는 주로 200쪽에 가깝지만―에 가까운 분량의 책을 300프랑을 주고 사고 연극 표를 25프랑을 주고 사니 자신의 소감을 나에게 가르쳐줄 권리가 있다고 느끼는 것은 당연하다. 그것을 거의 의무라고 생각하기도 한다. 나에게 도움을 주는 것이라 생각하는 사람까지 있지 않을까 싶다. 그들이 책값에 덧붙이지 못하는 것이 바로 그 엄청난 정신적, 심리적 부가가치세 같은 것이다. 그 음울하고 참을 수 없는 침묵은 글쓰기를 좋아하는 사람과 그 앞에 놓인 종이 사이에 흐른다. 그리고 앉아야 하는 테이블과 끔찍하리만치 유혹적인 비나 태양을 보지 않기 위한 수많은 걸쇠. 나는 카페에서 글을 쓰는 사람들―그런 사람이 많은 모양이더라―이 존경스럽다. 카페에 가면 나는 다른 손님들을 쳐다보는 데 시간을 보낼 것 같다. 종업원과 수다를 떨고, 잘생긴 아르헨티나 청년과 눈빛을 교환하거나 그러려고 노력할 것이다. 나는 혼자가 아닐 때면 모든 것에 산만해진다. 모든 것에 주의를 빼앗기고 때에 따라 모든 게 재미있거나 모든 게 가슴 아프다. 나는 꼿꼿한 손―그 손은 안타깝게도 내 손이어야 하는데 내 손이 얼마나 잘 구부러지는지 신은 알 것이다―으로 문을 두 번 걸어 잠가야 글을 쓸 수 있다. 지금까지 살면서 다른 사람들이 나를 가둬놓도록 한 적이 몇 번 있었다. 내가 어떻게 될까 봐 걱정하며 내 뜻이 정말 확고한지 확신하지 못했던 착한 사람들이었다. 그럴 때면 생명을 잃었던 내 의지가 다시 살아나 벼룩처럼 튀어 올랐고 나는 발코니를 넘어갈 수도, 홈통으로 내려갈 수도, 문을 다시 열어줄 때까지 죽어라 소리를 지를 수도 있었다. 문학은 영감의 문제라고, 나는 책상머리에 앉은 관료가 되고 싶지 않다고, 나는 열심인 작가가 아니라고, 나는 더 이상 열두 살짜리가 아니라고 외친다.

작가의 운명이란 이상한 것이다. 작가는 고삐를 바짝 쥐고 조화로운 걸음걸이에 허리도 꼿꼿이 세워야 한다. 이상적으로는, 바람에 갈기를 흩날리며 문법, 통사론, 또는 게으름—이 최후의 거대한 울타리—같은 우스꽝스러운 도랑을 깡충깡충 뛰어넘는 미친 말을 타야 한다. 사람들이 작가라는 직업을 자유로운 직업이라고 부를 때면, 손을 때려줄 상사도 없고, 성적을 매길 사람이 아무도, 정말 단 한 사람도 없다는 걸 생각하면, 자유란 근본적으로는 우리가 훔치는 것일 뿐이라는 걸, 또 자유를 빼앗을 수 있는 유일한 사람은 우리 자신이라는 걸 생각하면. 도둑맞은 도둑, 물세례받은 살수원, 그것이 우리의 몫이다. 최악의 골탕은 우리가 자초한다. 마음이 내킬 때 하고 싶은 일을 하고, 그렇게 해서 넉넉하게 사는 내 불행한 운명을 생각하면 울음을 터뜨리고 싶다. 내 독자들과 에디터가 나를 이해해주기를 바라고, 나를 불쌍히 여길 만큼의 충분한 상상력을 갖고 있길 바란다.

  그럼 당신은 내게 물을 것이다. 왜 쓰는가? 우선 음흉한 이유 때문이다. 나는 늙은 시인이기 때문이다. 이삼 년 정도 글을 쓰지 않으면 퇴화한 인간이 되기 때문이다. 아! 내 책이 출간되면 어떤 비평가들은 나를 정말 퇴물로 취급한다. 귀가 얇은 나는 그런 소리를 들으면 글쓰기를 멈춘다. 그러고 나면 큰 안도감이 들지 않는 것도 아니다. 그리고 2년 뒤에 소중한 목소리(비평)의 메아리가 잠잠해지면 나는 다시 내 판단에 귀를 기울인다. "불쌍한 친구야, 넌 퇴물이야!" 이 모든 것이 얼마나 자연스럽게 연결되는지! 1972년 파리에서 '성공한' 작가로 사는 건 정말 재미있다. 아, 내 불평은 아직 끝난 게 아니다. 이 꿀 같고, 장미 같고, 쉽고 명랑하고 바보 같은 삶을 참아내야 하다니! 권태도, 책임도, 관습도, 말하자면 사회계층을 떠나 개인의 집결지를 만드는 모든 것을 무시하려면 튼튼한 척추가 필요하다. 어디든 자유롭게 거닐려면 균형을 아주 잘 잡아야 한다. 산책이 달콤한 일탈이 아닌 다른 것이 되지 않도록 하려면.

9

세바스티앵은 노라 제델만의 침대 위에서 기분 좋게 부드러운 포트홀Porthault 이불에 몸을 파묻고 천장을 보며 누워 있었다. 날은 아직 더웠고, 몽테뉴 가 쪽으로 열려 있는 창문을 통해 오가는 행인들의 발소리와 목소리가 들려왔다. 처음에는 모든 것이 위안이 되었다. 안도의 한숨을 쉰 노라는 처음으로 거의 수줍게 그를 맞이해주었고, 치와와들의 성가신 깨갱 소리는 애처롭게 들리기까지 했다. 막 떠나온 바다처럼 넓디넓은 베이지색 카펫은 그 바다만큼 마음을 편하게 해주었다. 때 이른 장작불, 얼음을 넣은 위스키 몇 잔, 그리고 마지막으로 그를 필요로 하고, 그를 사랑하고, 그를 사랑한다고 말하는 여자가 있었다. 그러나 지금 그는 마치 탈영병이 된 기분이다. 반지를 주렁주렁 낀 그녀의 맨손이 어깨 위에 닿자 그 무게가 점점 더 크게 느껴졌다. 콧소리가 약간 섞인 그녀의 목소리는 조용히 속삭이는데도 점점 더 귀를 따갑게 했다.

"불쌍한 엘레오노르를 혼자 내버려두다니." 세바스티앵은 '불쌍한'이라는 말이 들리자마자 기분이 상했다.

"동생은 혼자 있는 걸 좋아해요, 아시잖아요."

"당신 동생 정말 이상해. 생각해보니까…… 왜 있잖아, 내가 데이브 버바이를 소개해줬을 때, 그 잘생긴 애를 쳐다보지도 않더라니까. 같이 온 여자, 캔디스한테 말을 더 많이 하더라고."

"그랬죠." 세바스티앵은 아무렇지도 않은 듯 대답했다.

"그때(노라는 어둠 속에서 난처한 듯 피식 웃는다) 당신 동생이 혹시 여자를 더 좋아하는 게 아닌가 생각했어."

세바스티앵은 하품을 하고 옆으로 돌아누웠다.

"캔디스가 마음에 들었다면—내 생각엔 그 여자가 버바이보다 훨씬 더 재미있더라고요—엘레오노르는 망설이지 않았을 걸요."

"마이 갓!" 가끔, 특히 사랑을 나눈 뒤면 갑자기 독실한 개신교도로 돌변하는 노라가 탄식했다.

"걱정 마세요. 엘레오노르는 여름 내내 정원사와 잤으니까요."

"마이 갓! 마리오랑?" 노라가 깜짝 놀란 건 도덕적 관습보다 속물주의 때문이었다.

"네, 마리오랑요. 어쨌든 저를 빼고 당신 집에서 제일 잘생긴 남자잖아요."

잠시 경직된 침묵이 흘렀다. 이불, 작은 화장대 밑에 숨은 치와와, 그리고 질문을 퍼부어대는 이 여자에게 염증을 느끼기 시작한 세바스티앵에게는 반가운 침묵이었다. 그 침묵이 노라에게는 덜 반가웠다. 비교적 가난한 환경에서 자라나 어느 정도 재산을 축적한, 그들만의 역겨운 표현으로는 어느 정도의 '수준'에 도달한 사람들이 그렇듯, 그녀도 하인과의 관계를 대표적인 일탈로 생각했던 것이다. 그런 여자들은 애인을 하인으로 만드는 습관(심지어 취미)을 가졌지만 그 반대의 과정은 받아들일 수 없는 모양이다. 모든 걸 고려해보면 노라에게는 엘레오노르가 캔디스라는 여자와 수상쩍은 관계를 가지는 편이 나았다. 캔디스는 적어도 댈러스에서 아주 유명한 직물상의 딸이었으니 말이다. 세바스티앵 앞에서 엘레오노르의 행실을 비난하는 건 물론 안 될 말이다. 세바스티앵이 한 치의 망설임도 없이 영영 그녀 곁을 떠나버릴 테니까. 그러나 한 집안의 안주인으로서 그런 행실을 나무라고 세바스티앵에게 가볍게나마 그걸 느끼게 하는 것은 그녀의 의무였다. 가여운 애인은 분명 하인에게 끌리는 여동생의 취향 때문에 끔찍이 고통스러울 것이다. 제대로 아는 게 별로 없는 사람이 그렇듯, 노라도 개별적인 사건을 지속적인 악행으로 보았다. 그녀는 세바스티앵이 잘생긴 급사나 수상한 지배인을 피해 이 호텔 저 호텔로 여동생을 데리고 다니느라 지쳤고, '품격' 떨어지는 엘레오노르 때문에 절망했다고 생각했다. 그의 냉소적인 태도도 분명 여동생을 보호하기 위한 쇼일 것이다. 착한 감정에 북받쳐 충만감과 만족을 느낀 노라는 눈물까지 핑 돌았다. 그녀는 고개를 세바스티앵의 어깨에 기대고 그의 손을 의미심장하게 꽉 쥐었다. 갑자기 세바스티앵의 웃음이 터진 것도 그때였다. 그가 그런 얘기를 한 건 심심해서, 평소처럼 웃으려는 목적에서였다. 아무것도 아닌 이야기(엘레오노르와 그는 별의별 일을 다 겪었다)가 그녀로 하여금 이렇게 정숙함을 떨게 할 줄은 몰랐다. 라틴계나 북유럽 여자의 반응이 더 나을 것 같았다. 그런 여자는 명랑하게 "오, 맞아요. 마리오······. 바보 같으니. 꿈에도 그런 생각은 못했어요"라고 말할 테니. 하지만 가까이 있는 것은 미국이었다. 포트홀 이불을 덮고 있어도 옆에서는 메이플라워호가 떠다니고 있었다. 퀘이커 교도, 돈, 할 수 있는 일과 하면 안 되는 일, 성경, 그리고 무엇보다 여자친구의 코멘트가 있었다. 부드럽고 유명한 유럽산 이불,

수채화 톤의 연한 꽃무늬, 유럽의 꽃들 안에서 트란스발, 미국 헌법, 미국 서부, 보스턴 은행에서 불어오는 노여운 바람이 일었다. 침대에 함께 누운 여자의 풍만하고 편안한 몸, 성경의 가르침보다는 보스턴의 달러 때문에 훨씬 더 큰 절정을 맛본 그 작은 몸에서 느껴지는 분노가 그는 즐거웠다. 웃음의 첫 경련이 목에서 시작된 그 순간, 세바스티앵은 초라한 아파트에 내버려두고 온 엘레오노르를 떠올렸다. 길고 마른 엘레오노르, 벌린 손, 그와 같은 회색 눈에 좀 지나치게 넓은 눈꺼풀을 떠올렸다. 엘레오노르에게 있던 천박함 혹은 신중함의 완벽한 부재를 떠올렸다. 이번에도 두 사람은 같은 핏줄이라는 느낌, 쌍둥이는 아니었지만 반응하는 것도 똑같고 거부하는 것도 똑같다는 느낌이 그의 폐부를 찔러 두려웠다. 그는 침대에 걸터앉아, 웃느라 생긴 눈물이 아직 글썽한 눈으로 '여기 있으면 나도 천박해지겠는걸' 하고 생각했다. 그리고 여전히 웃으며 자리에서 일어나 가여운 노라의 애절한 질문과 사랑의 약속에도 불구하고 옷을 입기 시작했다. 세바스티앵은 노라에게 한마디도 할 수 없었다. 세상에서 가장 좋은 의도로 이곳에 왔었노라고, 오기로 결정했을 때 마음이 편한 것은 아니었지만 그녀가 이 큰 아파트에 혼자 있을 걸 생각하니 불쌍한 마음이

들었던 게 사실이라고 말할 수 없었다. 노라에게 확신을 줄 수 없었던 세바스티앵은 여전히 웃으며 계단을 성큼성큼 내려왔다. 상쾌한 아침 공기를 마신 그는 몽테뉴 가에서 마담 가까지 뛰기 시작했다, 그리 오래는 아니었고, 택시를 잡아타기 전까지만. 아파트에 도착한 세바스티앵은 현관에 놓인 가방에 발이 걸려 비틀거리면서 엘레오노르를 깨웠다. 엘레오노르는 자리에서 일어나 중얼거렸다. "아, 오빠구나." 사랑스럽게 말했지만 마치 다른 누군가를 기다린 양 놀란 모습이었다. 세바스티앵은 침대에 앉아 처음부터 끝까지 엘레오노르에게 얘기해주었다. 두 사람은 밤이 새도록 깔깔대며 웃었다. '마티니'라고 쓰인 재떨이마다 담배꽁초가 오십 개씩 쌓였다. 술병도 번갈아가며 들이켰다. 얼마나 웃었던지 두 사람은 피곤해하면서도 다시 만나 행복해하며 다음 날 정오까지 잠을 잤다.

10

 그날그날 써 내려가는 이 소설에서 기분 좋은 것, 그리고 이번에야말로 그 누구도 내게 다가와 이런 말을 하지 않겠지 하고 바랄 수 있는 것이 있다. "참, 이상하죠. 세바스티앵은 정말 저예요. 엘레오노르는 완전히 저예요."(노라 제델만에 대해서는 걱정이 덜하다.) 독자들의 이런 자기 동일시는 진절머리가 난다. 그것이 적어도 나에게는 성공의 밑거름이었던 같아 안타깝다.『브람스를 좋아하세요』의 '폴'에서 자기 모습을 봤다는 괴물 같은 부인네들도 있었다. 내 생각과는 아주 딴판으로 내 주인공들을 닮았다고 생각하는 이상한 사람들도 보았다. 이 소설에서는 설마 이상한 스웨덴 남매를 닮았다고 하는 사람은 없겠지 싶다. 퇴폐적인 인간들은 "그들도 근친상간……" 하고 말하려 할 것이다. 하지만 나머지는? 이런 인물들에게 동화되기란 어려워 보인다.
 그런데 문제의 괴물들이 "저도 그런 일을 겪었지요"라고 말하면 그게 어느 정도는 사실일 거라고 믿는다. 세상 사람들이 가장 잘 나눠 가진 것은 상식이 아니라 감정이다. 성숙하고 튼튼한 남자와 지나치게 열정적인 애인 사이에서 선택을 해야만 하는 추한 부인은 거짓말을 하지 않았다. 그녀에게는 어느 순간엔가 그렇게 믿을 기회가 있었거나 기회는 아니더라도 적어도 그렇게 믿고 싶은 강한 바람이 있었다. 결국 꿈꾼 삶은 혼동이 올 만큼 실제 삶과 많이 닮았다. 이 식사, 두 인간이 나누는 대화라고 부르는 이상한 식사에서 가장 귀중한 것—황금, 소금, 물—은 상상력이다. 상상력은 드물며, 사람들에게 필요하고, 또 사람들이 원하는 유일한 것이다. 가진 사람도 가끔 있지만 절대 강제할 수 없는 것이 상상력이다. 상상력을 '미친 안주인'(프랑스 철학자 니콜라 말브랑슈Nicolas Malbranche의 말—옮긴이)이라 부르는 것도 당연하다. 실용적이지만 재미없는 토대 위에 집이 지어지는 것을 유일하게 막는 것이 상상력이다. 상상력 외에 다른 것은 아무것도 없다는 것을 이해해야 한다. 친구들 사이에서 어느 정도 상상력이 동원되지 않으면, 어느 날 저녁 상상력이 없다는 바로 그 이유 때문에 바보같이 서로 죽이고 죽는 일이 벌어질 수 있다는 말이다. 무슨 이유에선가 지독히 외롭고 우울할 때도 어떤 가벼운 사건을 계기로 상상력이 되살아나는 바람에 한 줌의 온기, 살고 싶다는 욕구가 일어날 수 있기 때문이다. 창조적인 일을 할 때는 여름날 시골 별장의 박쥐를 쫓는 아이처럼 신이 나면서도 공포에 질린 채 상상력을 쫓으며 며칠 밤을 보내기도 한다. 누군가를 만날 때 마치 절단 장애인을, 그것도 얼굴이 잘려 나간 사람—타고난 미모와 상관없이—을 마주한 듯한 느낌이 들 때가 있다. 상상력이 그 사람의 집에는 한 번도 들르지 않았기 때문이다. 천하의 거짓말쟁이와 사랑에 빠질 수도 있다. 그런 사람은 거짓말과 거짓말 사이에서 빼도 박도 못하다가(영국인들은 'squeezed'라고 한다) 감탄해 마지못할 새로운 거짓말로 위기를 모면한다. 나는 살면서 요즘 사람들이 경멸하며 '허언증 환자'라고 부르는 사람을 여럿 보았다. 방어하느라 거짓말하는 것을 말하는 게 아니다. 그런 건 늘 애처롭게 보인다. 내가 말하는 것은 남을 매료시키기 위해 하는 거짓말이다. 나는 아주 오랫동안 그런 거짓말의 행복한 피해자였다. 지금은 몸이 보내는 신호만 봐도 거짓말인지 아닌지 알아낸다. 잡지 『엘르』의 여성 독자들을 위해 표를 만들어도 될 지경이다. 침착한 태도, 약간 꾸민 듯한 목소리, 올곧은 시선, 프로방스풍 영화와는 달리 의도적인 행동의 부재. 내가 허언증이 있는 사람을 매력적이라고 느끼는 이유는 아주 분명하다. 아무런 목적 없이 거짓말을 한다는 점이다. 상대방을 기분 좋게 만들 뿐만 아니라 그들 스스로도 기분이 좋아지려고 거짓말을 한다고 볼 수 있다. 피학적인 거짓말쟁이(아쉽지만 드물다)는 자신에게 불리한 거짓말을 지어낸다. 그것이 유머의 시작이다. 편집증적인 거짓말쟁이(아쉽지만 가장 흔하다)는 웃으면서 자신의 업적과 성공, 영광을 지어낸다. 나는 두 부류 중 그 누구도 막을 수 없고, 막고 싶은 마음도 없다(미칠 정도로 지겹지 않은 한). 상상력이 없는 거짓말쟁이도 있는데, 그야말로 비극이다. 이 고정관념에 사로잡힌 거짓말쟁이는 밤에 어딜 들어가든, 야행성 인간들이 허수아비를 보고 놀라 달아나는 새처럼 하나같이 피하려 든다. 허언증 환자를 말리지 않는 이유는 두 가지이다. 우선 그의 거짓말은 그의 삶을 재구성해서 삶을 바꾸려는 노력의 결과물이기 때문이다. 사실 문학도 그와 다를 바가 무엇인가? 또 그가 우리를 거짓말의 악순환으로 끌어들이는 것은 그가 친절한 사람이기 때문이다. 아, 회의적인 사람들이 어떤 거짓말, 특히 어떤 이야기가 그들에게 바치는 헌사임을 이해하려 한다면 얼마나 좋을까! 우리는 그런 회의적인 사람들이 똑똑해서 문제를 잘 이해하고, 상상력이 풍부해서 문제가 해결되기를 바라고, 아이 같은 구석이 있어서 해결책이 있다고 믿고, 마음이 따뜻해서 "장난 그만 쳐"라고 말하지 않으리라 믿는다. 엉뚱하고, 이상하고, 거짓으로 가득한 이야기만 듣고 산 사람들이 있다면 그것이 그들에게 양식이었고 생명수였음을 깨달아야 할 것이다. 그렇게 해서 상상력의 절대적이고 다정하며 정열적인 손이 처음으로, 그리고 아무런 목적 없이, 그들의 이마를 어루만졌음을 알아야 할 것이다.

관리인이 잠에서 깨라고 아주 진한 커피를 가져다주고는 짐을 정리해주겠다고 나섰다. 그녀는 24시간이 지났는데도 반 밀렘 부인의 황홀한 옷들이 뒤엉긴 채 가방에 쑤셔 넣어져 있는 건 안 될 일이라는 생각이 들었다. 화장에 감각이 있고(그런 말을 많이 들었다), 따라서 품위를 지킬 줄 아는 여자로서 그런 걸 보고 본능적으로 거슬렸던 데다가 다소 걱정 섞인 배려와 자발적인 충성까지 곁들여지기 시작했다. 반 밀렘 남매가 둘이서만 여행할 때 만나는 사람들은 항상 그런 감정에 빠져들었다. 관리인 쉴러 부인도 벌써 아파트의 난방이며 석탄, 전기 문제에 발 벗고 나섰다. 어느 날 갑자기 뒤떨어진 아이 두 명이 품 안에 들어온 것처럼 기뻤다(쉴러 부인의 남편은 아이를 원하지 않았다). 그녀는 화려하면서도 실용적인 화법을 구사하며 통화 중이었다. 그러는 사이 남매는 무심하게 비스킷을 깨물어 먹었다. 남매는 그들의 삶에서, 그리고 그 삶을 꾸려나가는 데에서 쉴러 부인의 존재를—입 밖으로 내기 끔찍하지만—노라 제델만의 존재만큼 아주 자연스럽게 받아들였다. 심지어 쉴러 부인의 존재가 덜 부담스러웠다. 엘레오노르가 보기에 쉴러 부인이 화장도 훨씬 더 잘했다.

"불쌍한 노라. 전화하려면 고생 좀 할걸. 우리 집이 접근이 쉽지 않은 사령부잖아."

"노라가 오빠한테 그렇게 멋진 물건들을 사줬는데 오빠는 독이 든 선물을 줬어. 나빠."

"무슨 선물?"

"사랑의 감정을 다시 불러일으켰잖아." 엘레오노르는 기지개를 켜고 욕실, 아니 욕실로 쓰기로 한 곳으로 갔다. 그러더니 이내 다시 나와 쉴러 부인에게 뜨거운 물이 나오지 않는다고 말했다.

쉴러 부인이 배관공(알 수 없는 남자다) 부인과 둘도 없는 친구였으니 기막힌 우연이었다. 그녀는 그 기막힌 우연을 남매에게 자랑스럽게 증명해 보였다.

"4천 프랑 정도 남았어. 집세는 석 달 치를 미리 냈지만 밥도 먹어야 하고 옷도 사 입어야 하는데." 세바스티앵이 말했다.

"옷 입는 거? 우리에게는 까맣게 탄 몸이 있잖아."

"그래도 그건 너무 가벼운 옷이야. 내가 일을 구해볼게."

엘레오노르가 웃음을 터뜨리는 바람에 쉴러 부인과 배관공 부인 사이에 어렵게 오가던 흥정이 수포로 돌아갈 뻔했다. 엘레오노르가 웃는 건 드문 일이었지만 일단 한번 웃으면 멈출 수 없는 저음의 전염성 웃음이 터져 나왔다. 세바스티앵의 표현으로는 '그레타 가르보 같은' 웃음이었다. 세바스티앵은 화가 났다.

"네가 진정하면 내 친구 로베르에게 전화를 걸어보든지, 아니면 3천 프랑어치 위스키를 사서 이 자리에서 다 마셔버리든지 할게. 그러고도 죽지 않으면 그건 귀신이지."

"우리가 워낙 튼튼해서 그건 불가능할 것 같아. 쉴러 부인한테 물어보지 그래? 뤽상부르공원 관리인 자리라도 알아봐줄 텐데."

"그렇겠지. 하지만 그건 내 생각과 달라. 내가 연인이나 아이들을 쫓아다닐 사람으로 보여? 애완견 출입도 못하게 하고 5시부터 미친놈처럼 휘파람이나 불어댈 것 같아? 터무니없는 소리!"

"낮에는 재단사로 일하면 좋겠다." 엘레오노르가 뜬금없이 말했다. "집에서 일하면서 한 손으로는 바느질하고, 한 손으로는 책 읽으면 되잖아."

"넌 바느질 못하잖아. 그리고 바느질하려면 양손 다 필요하거든."

그들은 생각에 잠겼다. 정말 황홀했다. 실행에 옮길 수도 없는 소박한 계획에 대한 의견을 심각한 목소리로 나누는 걸 아주 좋아하기 때문이다. 그 계획을 실행에 옮길 수 있었다면 남매는 빌붙어 사는 것보다 재단사와 관리인이라는 비교적 자유로운 직업을 정신적으로 더 잘 견뎠을 것이다. (여기서 '정신적'이란 도덕과 상관없는 정신적 피로를 말한다.)

"배관공 만났어요." 쉴러 부인이 외쳤다. "나가려는 걸 잡았지요. 오늘 저녁에 우리에게 오기로 했어요."

'우리'라는 말에 남매는 빙그레 웃었다. 그들을 돌봐줄 어머니가 생긴 것이다. 세바스티앵은 내친김에 전화기를 들어 로베르 베시가 살고 있는 플뢰뤼스 가의 번호를 눌렀다(마침 외출하려던 로베르는 당연히 금방 달려온다). 그리고 웃음을 머금은 채 엘레오노르를 향해 돌아섰다.

"파리 사람들은 부사만 쓰면서 사나 봐. '마침' 뭔가 하려 했고, '당연히' 오라고 하면 기쁘고, '물론' 내 일자리를 '적극적으로' 알아봐줄 거라고 하네."

"배관공이 있든 없든 대충이라도 화장을 해야겠다. 로베르가 여자에게 무심한 건 알지만 그렇다고 잠옷 차림으로 맞이하고 싶지는 않아."

엘레오노르는 갑자기 기분이 무척 좋아졌다. 세바스티앵은 건성건성 되돌아왔고, 쉴러 부인이 남매를 보살펴주며, 아파트도 써보니 매력이 없지 않았다.

"걱정 마." 엘레오노르는 욕실 문간에 서서 말했다. "이번 여름에 오빠가 모든 걸 책임졌잖아. 이제부터는 내가 나설게."

검붉은 카우치 위에 앉아 쉴러 부인에게 빌린 신문 「파리지앵 리베레」를 뒤적이던 세바스티앵은 '그럼 그렇지'라는 듯 피식 웃었다. 그도 최고의 행복을 느꼈다.

로베르 베시는 중간 키에 몸집이 좀 있는 남자였다. 지나치게 젊게 옷을 입고 다니는 그는 겉으로 보기에도 세바스티앵을 광적으로 좋아했다. 그는 엘레오노르의 손에 입을 맞추고 누추한 집에서 지내게 해 미안하다고 말했다. 그러자 모두가 아니라며 소리를 질렀다. 그리고 병에 남아 있던 와인을 양치질 컵에 조금 받아 마셨다. 그는 마흔 정도 되었고 어느 의류 회사와 극단의 홍보를 맡고 있었다. 파리의 수많은 파티도 기획했던 그는 세바스티앵을 동업자로 두는 게 조금 겁나기는 해도 까다롭지 않을 것이라고 생각하는 모양이었다. 그는 세바스티앵에게 어떤 역할을 하게 될지 대략 설명하기 시작했다.

"무엇보다 능란한 사교술, 민첩한 두뇌, 임기응변, 매력이 있어야 하는 직업이야. 뭐, 너야 그 장점을 모두 갖췄지."

엘레오노르는 이번만큼은 웃음을 참느라 얼굴이 새빨개졌다. 세바스티앵은 욱했다.

"내 여동생이 원래 멍청해. 이제는 파리에 아는 사람도 몇 안 되고, 임기응변도 안 될 때가 있어. 하지만 매력이나 민첩한 두뇌, 엘레오노르, 그건 내가 너보다 나을걸."

"그럼, 그럼." 엘레오노르는 깔깔대고 웃으며 말했다.

약간 당황한 로베르 베시는 계속 말을 이었다. "처음에는 놀랄 일도 있을 거야. 이 바닥에서는 서열이란 게 네가 생각하던 것과 조금 다를 테니까. 하지만 익숙해질 거야, 참을성만 조금 있으면 돼."

"민첩한 두뇌랑." 엘레오노르의 즐거워하는 모습은 무례할 정도였다.

"그렇다면 좋아." 세바스티앵은 마치 동급생에게 선물을 하는 아이처럼 선심 쓰듯 말했다, 좋아. "다음 주에 시작하지. 옷장을 다시 채워 넣을 시간이 필요하니까."

로베르의 눈에서 가벼운 긴장의 불꽃이 튀었다.

"돈에 대해서는 묻지도 않았잖아. 이게 하루하루 먹고사는 직업이라."

"널 믿어. 지금까지 네가 무례했던 적은 없었으니까." 세바스티앵이 밝게 말했다.

그러자 긴장의 불꽃이 불덩어리로 타올랐다.

"그래도 미리 알아둘 게……."

"난 여자 앞에서는 절대 돈 얘기를 하지 않아." 세바스티앵이 딱 잘라 말했다.

로베르는 미안하다며 한발 물러났다. 그리고 못된 세바스티앵이 20년 동안 묘한 영향력을 행사했다고 엘레오노르에게 말하기 시작했다. 세바스티앵은 아름답다는 미명하에 그렇게 조금씩 로베르를 괴롭혔다. 그는 중학교에 다닐 때, 그리고 지금까지도 반 밀렘이라는 총명한 그레이하운드와 그 자신, 로베르 베시라는 작고 민첩한 사냥개를 계속해서 비교해왔다. 어렸을 때나 젊은 시절의 기억은 성인이 되었을 때의 기억보다 훨씬 더 깊이 각인되듯이, 육체적이든 정신적이든 유년기에, 그러니까 사춘기에 어떤 영향을 받거나 매력에 빠져들면 30년 뒤에도 거기에 지배를 받는다. 그 불행한 청년들이 정말 좋아하는 것은 닿을 수 없는 것일지도 모른다. 세바스티앵은 세월에도 불구하고 친구 로베르에게 닿을 수 없는 세바스티앵으로 남았고, 앞으로도 그럴 것이기 때문이다.

남매를 재워주고 있고 먹여 살리기로 약속한 로베르 베시가 더 할 수 있는 일은 점심 초대뿐이었고, 그래서 그렇게 했다. 점심은 아주 즐거웠다. 엘레오노르의 컨디션은 최고였다. 로베르가 데려간 최고급 레스토랑에서 엘레오노르는 많은 이의 눈길을 끌었다. 로베르도 그 사실을 눈치챘다. 두 남매가 어떻게 사는지 십오 년 전에 소문을 들었던 그는 세바스티앵을 무조건적으로 좋아하긴 했어도 그가 일하는 척할 수 있도록 돈을 쓸 날도 어쩌면 많지 않으리라 희망하며 약간의 안도감을 느꼈다. 벌써 머릿속으로는 약속을 피하기 위한 저녁 식사도 몇 번 계획했다. 동시에 향수에 젖어 십 년 전에는 세바스티앵과 함께 일한다면 미친 듯이 좋아했을 텐데, 하고 생각했다. 그가 시늉하는 것만 봤어도 말이다. 그렇게 되면 예측 못할 일이 세바스티앵의 삶을 지배하리라는 것을 알았기 때문이다. 그렇다. 십 년 전, 로베르가 아직 서른이었을 때, 그는 모든 위험을 감수할 준비가 되어 있었다. 그가 동경하는 누군가와 그 위험을 함께할 준비가 말이다. 그러나 그 뒤로 그는 성공을 거두었고, 여러 가지를 책임져야 하는 상황이 되었다. 폐쇄적이고 가혹하기로 소문난 파리에서 그는 출세, 그러니까 시쳇말로 '자기 참호 파기'에 성공했다. 그는 바닷가재를 깨물어 먹으며 그 표현이 지독히도 정확하다는 생각이 들었다. 정성스럽게 판 그 '참호'가 혹시 무덤은 아닌가 하는 생각에 로베르는 서글퍼졌다.

11

 2월의 붉은 태양이 검은 나무들 뒤로 넘어가고 있었다. 불행한 삼류 작가는 노르망디 집 창문가에서 날이 저무는 모습을 바라보았다. 지난 48시간 동안 그녀는 글을 한 자도 쓰지 못했다. 그랬다는 사실을 슬퍼해야 했다. 쓰려고 하는데 써지지 않는 것은 절정 없이 나누는 사랑, 마셔도 취하지 않는 술, 목적지에 도달할 수 없는 여행과 같다. 그것은 지옥이고, 실패다. 비슷비슷한 하루하루가 저절로 흘러갔다. 마침내 진정된 시간은 너무 움직임이 없는 나머지 완만한 감미로움과 반쯤의 황홀경의 시간이었다. 하지만 살아야 했고, 일해야 했고, 언젠가 파리로 돌아가 '다른 사람들'과 재회해야 했다. 분발해야 했다. 그러나 아침 햇살은 눈부셨고, 땅은 차가운 기운을 내뿜었으며, 개는 막대기를 가지고 몇 시간이나 놀고 있었다. 장작불은 섣불리 손을 댄 이 두꺼운 영국 소설과 같은 리듬으로 타올랐다. 분발하다……. 그래도 불행해야 했다. 정말이지 모든 것이 고통스러워졌다. 그녀는 열여덟에 프랑스어로 괜찮은 작문을 써서 발표했고 그것으로 유명해졌다. 그녀는 그 모든 일을 비극적으로, 또 진지하게 받아들이기를 거부했다. 어쨌든 글쓰기는 그녀에게 즐거움이었다. 십팔 년이 지난 뒤 그녀는 그의 삶과 가족의 삶이 비극적으로 변하지 않게 하기 위해 정말 진지해져야 했다. 그랬더니 쓰고 싶은 마음이 사라졌다. '그날' 아무것도 못했다는 후회가 양심을 짓눌렀다. 세금, 빚, 우울한 이야기들이 그녀의 시상을 망쳐버렸다. 일이 될 대로 되도록 내버려두고, 손쉬운 걸 바라는 습관에 물들도록 내버려두고, 다른 사람들이 우리의 몽타주를 그리도록 내버려둔다. 모든 게 흘러가도록 내버려둔다. 시간, 돈, 열정…… 그리고 침묵하는 타자기 앞에 지친 회계사처럼 가서 앉는다. 그와 동시에 그녀 스스로에 대한 멈출 수 없는 가벼운 내면의 웃음을 잊지 않는다. 조소. 그렇다. 그녀는 맨발로 자동차를 운전한다는 사실—해변에 있다가 돌아오면 신발에 모래가 들어가 아프니까—을 받아들이고 싶었다. 그렇다. 위스키가 그녀의 가장 충실한 부관이라는 사실—삶은 살이 반쯤 벗겨진 인간에게는 그리 달콤한 것이 아니기에—을 인정하고 싶었다. 그렇다! 하지만 그녀는 그 무엇에 대해서도 절대 사과하지 않을 것이다. 그녀의 사과를 받을 만한 사람이 아무도 없기 때문이다. 기껏해야 연인 관계에서 상처받은 사람에게 정말 조심스럽게, 어둠 속에서, 미안해, 말할 것이다. 그러나 그녀가 맡아야 할 역할이고, 어쩌면 의식하지도 못한 그녀의 진짜 모습일지 모를 꼭두각시를 생각하면, 아니, 안 될 말이다. 마음속으로 그녀 자신을 존중하는 것보다 더 정성을 들여 그녀의 허수아비들을 존중해야 한다. 그것이 자만의 기본이다. 그리고 유머의 기본이기도 하다.

"나는, 나에게, 나 자신에게……." 그녀는 행복의 노래를 읊조리며 다른 창문으로 시선을 던졌다. 암소들이 키 낮은 겨울 풀을 아직도 뜯어 먹고 있었다. 바보 같은 개는 막대기를 가지고 놀고 있었고, 나무는 하늘 위로 가지를 펼치고 있었다. 조용한 시간이었다. 아이디어도 없고, 새들도 없는. 어쨌든 다음 날 그녀는 아이디어가 넘쳐흘러서가 아니라 새들의 지저귐 때문에 잠에서 깰 가능성이 높았다. 그녀는 움직이지 않고 잔다. 그녀의 상한 팔이 마치 다른 사람처럼 그녀 가까이에 비스듬히 누워 있다. 아침에 잠에서 깼을 때 팔이 저려―불쌍한 팔은 정말 부러졌다―위로해주고 싶고, 손까지 잡아주고 싶었다. 육체적 고통에 대한 단호한 무감각과 자기 자신에 대한 단호한 친절함은 때로 그녀를 걱정스럽게 했다. 그해에 정신분열이라는 박쥐는 낮게 날았다. 그녀에게 없는 건 그뿐일 것이다. 절대 가장한 것이 아니라 일종의 심심풀이로 마취도 없이 봉합 수술을 받았고, 책을 읽으려고 베개, 담배, 티슈로 가득 채운 작은 둥지를 만들었다. 그녀의 아름다운 눈에는 그 작은 둥지가 완벽해 보이지 않았다.

그녀는 깊은 한숨을 내쉬었다. 첫 저녁 새가 울며 날아올랐다. 해는 사라졌고, 그녀는 목이 말랐다. 일은 하지 못했다. "오늘 하루도 공쳤구나." 그녀는 큰 소리로 말했다. 하지만 어두워진 잔디밭 앞에서 그녀 안에 있는 무언가가 중얼거렸다. '오늘 하루도 건졌구나.' 삶에는 그런 휴전이 있다. 그때가 되면 반쯤 관대하고 반쯤 동조하는 웃음을 입가에 띠우고 거울 속의 자신을 들여다볼 수 있다. 저녁 새가 우는 동안은, 살아 있고 편안해지는 것 외에 다른 심오한 요구 사항이 없는 때이다. 그러나 그런 휴전은 드물다. 우리가 가진 서로 다른 엔진에 장착된 호랑이들은 금세 잠에서 깨어 서로 물어뜯기 때문이다.

12

"삼 분 전부터 전화가 울리지 않네요. 참 좋지 않아요?" 세바스티앵이 물었다.

비서는 어찌할 바를 모르고 그를 쳐다보기만 했다. 로베르 베시의 동업자들은 모두 바쁘게 움직였고, 전화벨이 울리지 않으면 아예 먼저 전화를 걸었다. 게다가 그들은 비서를 '우리 귀염둥이'나 '엘리자'라고 불렀다. 그런데 키만 크고 조용하며 만사태평인 이 남자는 평범한 홍보 담당자와는 거리가 멀었다. 여자를 배려해주는 태도도 당황스러웠다. 외투를 입을 때 도와주는가 하면, 담배에 불을 붙여주려고 자리에서 일어났고, 회사에서 좋아하는 '번갯불에 콩 구워 먹기' 스타일이 뭔지는 아예 들어본 적도 없는 것 같았다. 그가 사무실에 나온 지 이제 겨우 사흘째인데, 사무실 분위기는 이미 바뀌기 시작했다. 사람들은 더 이상 소리를 지르지 않았고, 뛰어다니지 않았고, 문 앞에서 부딪히면 작은 소리로 "미안합니다" 사과하기까지 했다. 베시 씨가 뉴욕에서 돌아와 이걸 보면 뭐라고 할까? 반 밀렘 씨에게 걸려 오는 몇 통 안 되는 전화도 의아했다. 여동생에게서 전화가 오면 정부에게 말하는 듯했고, 제델만 부인에게 전화가 오면 여동생에게 말하는 듯했다.

"반 밀렘 씨, 잊지 않으셨죠? 6시, 브뤼노 라페요." 비서가 조심스럽게 물었다.

"브뤼노 라페?"

그녀는 한숨을 내쉬었다. 브뤼노 라페는 베시 경마장의 명마요, 큰 기대주였다. 스물다섯인 그는 조각 미남에 재능까지 갖추었다. 영화 신문이며 잡지에는 온통 그에 대한 얘기뿐이다. 그녀는 라페의 파일을 들고 와 세바스티앵 앞에 놓았다.

"이거 읽어보셔야겠어요. 꽤 인기도 있고 예민한 사람이거든요."

세바스티앵은 빙그레 웃고는 파일을 들춰본다. 파일 안에서 잠자고 있던 짐승은 감탄이 흘러나올 정도로 아름다웠다.

"여자들한테 인기 많겠는데? 그렇죠?"

긴 한숨이 대답을 대신했다. 세바스티앵은 잘생긴 얼굴, 쌍꺼풀 없는 눈, 하얗게 빛나는 치아를 조목조목 뜯어보았다. 브뤼노 라페는 사진으로만 봐도 보드라운 털을 가진 늑대 같았다. 게다가 굶주린 늑대. 이런 낭패가 있나. 세바스티앵은 그가 출연한 영화를 한 편도 보지 못했다.

"내가 무슨 얘기를 하면 되죠?" 세바스티앵이 묻자 비서는 양손을 벌린다.

"저도 모르죠. 그를 발굴한 건 베시 씨예요. 브뤼노가 여기 자주 들러서 조언을 구하곤 하죠."

그녀는 약간 얼굴을 붉혔다. 세바스티앵은 친구 베시의 취향을 기억해내고 젊은 늑대 때문에 속깨나 탔겠군 싶었다.

"내가 어떤 조언을 하면 될까요? 하루에 두 번 아름다운 치아를 닦아주라는 말 빼고요."

"연락처를 몰라서 약속을 취소할 수도 없어요."

"재미있겠군요."

실제로 재미있었다. 엘레오노르가 지나가는 길에 세바스티앵을 보러 왔다가 스타가 등장할 때까지 함께 기다린 덕분이었다. 기분이 무척 좋았던 엘레오노르는 고생하는 엘리자에게 칭찬을 아끼지 않았다. 엘리자도 엘레오노르의 모습에 반했고, 세바스티앵의 동료들도 하나둘씩 다가와 엘레오노르에게 인사를 건넸다. 세바스티앵의 책상에 앉은 엘레오노르의 긴 다리가 땅에 닿았다. 그녀는 사람들의 정중한 인사를 무심하게 받아들였다. 일종의 예의 바름, 친절함, 루이 14세 궁중 예절이, 그동안 효율성만 중시하고 존중의 표시라고는 등만 툭툭 치고 가는 게 고작이었던 사무실에 만연하기 시작했다. 젊은 늑대가 나타난 것은 바로 그때였다. 그는 깜짝 놀라 얼어붙은 듯 문간에 그대로 멈춰 서서 먼저 사무실 공기부터 킁킁댔다. 그 모습을 본 세바스티앵은 젊은 늑대에게 본능이 발달했음을, 그리고 외모에 대한 소문이 완전히 사기는 아니었음을 확인했다. 브뤼노 라페의 외모는 출중했다. 까무잡잡한 피부에, 애송이처럼 빨갛게 얼굴이 달아올랐다. 머리는 샛노란 금발이었고—샛노란 털이라고 말하고 싶다—크고 조금 두꺼운 손은 이상하게도, 직업이 배우이니 마흔쯤 되면 길고 가늘어지겠지 하는 생각이 들게 했다. 왼쪽 눈 흰자위에 작고 파란 점이 있어서 사냥하는 동물 같은 인상을 주었다. 숨어서 집중하고 망을 보느라 눈의 핏줄이 터진 듯 보였기 때문이다. 야망 있는 이 청년은 진정한 포식자였다. 그는 정중하게 로베르 베시의 소식을 묻고 당황한 모습으로 세바스티앵과 악수를 나눴다. 그러나 엘레오노르 앞에서는 멈칫했다. 그녀는 분명 베시의 사무실에 죽치고 앉아 있는 스타 지망생이 아니었다. 요즘 말하는 사교계 여자(사람들이 인정할 정도로 돈이 많은 여자)도 아니고 시나리오 작가도 아니었다. 이 여자는 도대체 뭘까? 거기에다 그녀의 오빠라는 작자는 이곳과는 전혀 어울리지 않는 껄렁껄렁한 키껀다리였다. 혹시 로베르가 이 작자에게 반한 게 아닐까 하는 생각이 문득 들 정도였다. 이 상황이 정말 이해되지 않았다.

먹을 것뿐 아니라 성공에도 배가 고픈 브뤼노 라페는 로베르 베시와 동성애 관계였다. 그러나 그에게 남색은 편리함을 의미할 뿐이었다. 남자 집에서 잠이 깨면 전기면도기, 남자 몸에 맞는 나이트가운, 씩씩하면서도 세심한 표현 방식이 언제나 변함없이 보장되었다. 그러나 여자 집에서 잠이 깨면 무릎 위에 아침 식사가 대령되고 레이스 달린 냅킨을 목에 감아야 한다. 하녀들은 그를 감탄의 눈으로 바라본다. 여자 집을 나설 때 기분이 나쁜 것은 아니지만 면도는 확실히 더 못하고 나온다. 그때까지 브뤼노 라페에게 성性은 '살림살이' 같은 면이 있었다. 까다롭지 않고 성격까지 좋은 데다 잠도 아기처럼 쿨쿨 잘 자고 아침이면 상쾌하게 일어나는 그는 카페에서 누가 봐도 노골적인 유혹이 시비가 되어 죽도록 싸우거나, 노신사나 분홍 머리 노부인에게 유혹당하는 일을 서른 살까지 충분히 즐길 수 있는 하이브리드 종족의 전형이었다. 불확실한 시대의 불확실한 산물인 그에게는 한 가지 확신밖에 없었다. 주머니에 챙겨 넣는 돈은 그가 원한 것이고 그가 훔친 것이며, 어쨌든 모두 그의 것이라는 사실이다. 그런 그가 엘레오노르의 눈과 엘레오노르의 행동에 나타나는 무위의 벽에 부딪혔으니 북아메리카의 착한 원주민을 만난 크리스토퍼 콜럼버스만큼이나 충격이었다. 그는 아직 젊고 약했다. 세바스티앵은 그가 마음을 다치리라는 걸 알았다. 젊은 늑대에게 스갱 영감—물론 1972년의 스갱 영감 말이다—의 사랑스럽지만 손에 잡히지 않는 염소(알퐁스 도데Alphonse Daudet의 『풍차 방앗간 편지』에 실린 단편 「스갱 씨의 염소」를 가리킨다—옮긴이)를 만나는 것보다 더 끔찍한 일이 있을까. 브뤼노 라페가 엘레오노르를 물더라도 엘레오노르는 찍소리도 하지 않을 것이며, 엘레오노르에게서 살점을 뜯어내면 그 살점은 그의 입안에 분명 그 무엇으로도 대신할 수 없는 독특한 맛을 남기리라는 사실을 세바스티앵은 이미 알고 있었다. 그 모든 것은 브뤼노 라페가 엘레오노르에게 인사를 건넨 순간 정해져버렸다. 그리고 그 모든 것을 의식적으로 기억에 담아둔 사람은 세바스티앵뿐이었다. 엘레오노르에게 브뤼노 라페는 또 다른 늑대 한 마리일 뿐이었다. 그런데 그를 보자마자 엘레오노르의 눈에 들어온 게 있었으니, 그것은 다름 아닌 흰자위의 작고 파란 점이었다. 엘레오노르와 그의 관계가 시작된 것은 바로 그 점 때문이었다. 그 점 때문에 엘레오노르는 브뤼노 라페를 어릴 때 기르던 개처럼 다정하고 어리숙한 사람이라고 생각했다. 엘레오노르는 나이 때문이 아니라 그동안 쌓은 다양한 경험 때문에 늑대보다는 개를 훨씬 더 좋아했다. 두 사람의 관계가 시작된 것은 이처럼 서로를 동물적, 감정적, 지적으로 무시했기 때문이었다. 커다란 부엉이처럼 책상에서 두 사람을 내려다보는 세바스티앵은 그들의 밤과 그들의 낮을 돌봐주기로 마음속으로 다짐하는 듯했다.

내 주인공 중 마약을 하는 사람은 없다. 나도 한물갔다! 생각해보면 온갖 금기가 무너진 이 시대에, 성―그리고 그로 인한 파생물―이 신고 가능한 소득의 원천이 된 이 시대에, 사기, 강간, 거짓이 사교계의 농담거리가 된 이 시대에, 사람들이 꾸짖음을 당하는 일은 단 하나, 바로 마약이다. 그들은 술이나 담배도 똑같다, 아니 더 나쁘다고 소리를 지른다. 그러나 이번만은 나도 당국의 뜻과 같다. 이 세계를 조금이라도 알면 마약에서 벗어날 확률이 1만분의 1이라는 건 잘 알 것이다. 게

다가 그 대가는 어떠하며 그 피해는 얼마인가! 에피날(Epinal, 프랑스 동북부 보주 도의 주도—옮긴이)의 모습이 그것을 잘 말해준다—에피날의 모습은 추상적인 추론보다 항상 더 많은 진실을 가지고 있다. 붉은 얼굴로 혐오스럽게 비틀대는 뚱뚱한 술집 주정뱅이—에피날의 또 다른 모습—의 세계와 튀어나온 정맥에 주삿바늘을 찔러 넣은 채 방 안에서 홀로 손을 벌벌 떠는 청년의 세계는 완전히 다르다. 청년의 세계에는 '타인'이 부재하다. 알코올중독자는 대놓고 술에 취하지만 마약중독자는 사람의 눈을 피해 숨는다. 그렇다고 내가 술을 찬양하려는 것은 아니다. 도덕의 이름으로 마약을 비난하는 것도 아니다. 내게는 그것이 즐거운지 슬픈지만 중요하다. 본질은 그런 차이가 아니라 인간은 똑똑하든 멍청하든, 예민하든 둔하든, 활발하든 무기력하든, 술, 마약, 약물(진정제)이라는 독재자 중 하나의 피해자라는 잔인하고도 자명한 사실에 있다. 인생은 비누칠한 긴 길이다. 우리는 그 위에서 어두운 미지의 터널을 향해 전속력으로 미끄러지면서 바닥에 징을 박으려 절망적으로 노력한다. 그 와중에 위스키, 리브리엄(진정제의 일종—옮긴이), 헤로인이라는 이름의 징이 부러지는 것이다. 헤로인이라는 징은 위스키나 리브리엄보다 더 약해서 더 빨리 다른 것으로 갈아줘야 한다. 신의 부재, 수음, 이상 결핍이나 시간 부족, 남녀 관계, 거짓 안위 등등. 우리에게 불러주는 설명조의 노래는 감미롭고 단조로워 위안이 될 정도다. 그러나 왜 당신, 나, 우리, 그들은—겁에 질린 어미변화처럼—스무 살이건 쉰 살이건, 부자이건 가난하건(농부들 얘기는 꺼내지도 말라. 농촌에서의 진정제 판매는 지난 2년 동안 열 배나 증가했다. 그것도 가장 조용한 지역에서) 왜 어느 순간이 되면 옆에 있는 사람이 아니라 튜브, 약병, 술병에 손을 뻗는가? 불안의 증가가 걱정되는 것이 아니다. 불안은 항상 존재했고, 가장 아름답고 충만하며 박식했던 그리스인들도 세상에서 가장 아름다운 바다를 바라보며 아름다운 나라에서 아름다운 시대를 살면서도 모래사장에 무릎을 꿇고 앉아 두려움에 머리를 쥐어뜯고 손톱을 물어뜯었을 것이다. 내가 걱정하는 바는 그런 사람들에게 이해심 많은 의사 한 명, 처방전 하나, 6천 개, 혹은 1만 8천 개의 진정제 약병 중 하나만 있어도 십 분 만에 평온을 되찾을 수 있다는 사실이다. 그리고 무엇보다 나를 걱정시키는 것은 그들이 모래사장에서 몸을 굴리지도 않으리라는 사실이다. 이쿼닐(진정제의 일종—옮긴이)이 안주머니에 들어 있을 테니까…….

13

엘레오노르와 청년은 나이트클럽에서 춤을 추었다.

악! 뭐라고? 사강과 나이트클럽의 세계에 다시 빠지다니! 지금 신문을 읽고 있는 나는, 이름이 트루아야든 자르댕이든, 혹은 그 누구든, 어떤 저자가 자기 인물들이 나이트클럽에 발을 들여놓게 하는 즉시 비평가들이 내 이름을 떠올린다는 사실이 신기하다. 내가 문학의 엘렌 마티니가 된 기분이다. 스포츠카의 매력을 찬양할 정도로 괴물 같은 대담성이 있는 작가라면 내 이름이 들먹여지기를 바란다. 비평의 4분의 3은 위선의 극치이다. 찬란한 햇빛 아래에서 멋진 오픈카를 타고, 길들여진 호랑이가 으르렁거리듯 부릉거리는 엔진을 발밑에 느끼는 것보다 더 유쾌한 일이 있을까? 나만큼이나 명랑하고 돈 걱정 없는 사람들이 다니는 골프장 끝에 차가운 위스키 한 잔이 나를 기다리고 있다는 사실을 아는 것보다 더 기분 좋은 일이 있을까? 당장 눈에 보이는 어려움 없이 즐거운 장소를 찾고 발견하는 것보다 더 정상적인 일이 있을까? 비평가들은 얼마나 위선적인지! 돈은 창밖으로 던져버리듯(밑에 지나가는 사람이 있으면 더 좋다) 쓰면 절대 더럽지 않다. 다시 말해 요란스럽고 이상하고 어리석고 쉽게 쓰는 한 돈은 깨끗하다. 돈이 불결해지는 것은 돈을 버는 방법, 특히 돈을 수중에 간직하는 방법 때문이다. 조잡한 선동가들이 진실을 아는 자에게 가서 그렇지 않다고 말하는 것도 재미있을 것이다. 이등석이나 트레일러로 여행하는 사람들도 내가 말하는 얼음과 미모사가 있는 빌라에서 지내보고 싶은 마음이 간절하지 않을까? 다만 그들은 정의와는 거리가 먼 이유 때문에 그곳에 초대받지 못했을 뿐이다. 그들은 정의롭고 축복받은 자들이라는 얘기를 듣는 것을 참지 못할 것이다.

다시 나이트클럽으로 돌아가자. 엘레오노르는 인기, 피로, 노화와 망각의 위대한 운명이 예정되어 있는 금발 머리 청년과 춤을 추었다. 그는 일간지에 매일 얼굴이 실려 사람들에게—초기에는—욕을 먹고, 시간이 지나면 더는 얼굴이 실리지 않아서 원망을 사는 멋진 운명을 타고났다. 배우, 저자, 화가, 영화인 등 '포스터 얼굴'이라고 부르는 사람들은 원래 좀 그렇다. 그러나 그들은 얼굴보다는 포스터의 비중이 더 큰 사람들이다.

  엘레오노르는 그러니까 브뤼노와 춤을 추고 있었다. 무대 위에서 몸짓은 자연스럽게 따라왔다. 두 사람은 흐르는 음악에 빠져들었다. 브뤼노의 명백한 욕망은 엘레오노르의 명백한 무관심과 합쳐져 두 사람에게 도저히 다른 방법으로는 생각해낼 수 없는 스텝을, 박자를, 동작을 지시했다. 엘레오노르는 브뤼노를 두고 뒤로 물러서는 게 좋았다. 다리에 느껴지는 그의 단단한 다리가, "당신을 갖고 싶어요"라고만 말하는 약간 얼빠진 그의 얼굴이 좋았다. 그녀는 그것보다—그녀에게 익숙한 그것—더 시간이 지나면 "더는 상관하지 않겠어"라는 끔찍한 말을 듣곤 했다. 브뤼노가 누군가와 잡담 중인 세바스티앵의 눈을 피해 조용한 곳에서 술 한잔하자고 하자 엘레오노르는 빙그레 웃었다. 휴대품 보관소에서 일하는 여자는 브뤼노의 친구였다. 브뤼노는 내려가면서 그녀에게 익숙한 사인을 보냈다. 그는 엘레오노르와 함께 공중전화 박스로 들어가 한 손으로는 그녀의 어깨를, 다른 한 손으로는 그녀의 허리를 감싸 안았다. 술을 조금 과하게 마신 그는 그녀가 누구인지, 그가 그녀에게 원하는 것이 무엇인지 잘 알지 못했다. 더구나 그의 취향에는 지나치게 우아하고, 가볍고, 명랑한 저녁 식사, 인생과 삶의 즐거움이 이미 습관이 되어버린 사람들과의 저녁 식사 후인지라 더 혼란스러웠다. 이 여자를 놀라게 하고 싶고 이 여자에게 강한 인상을 주고 싶었다. 하지만 그녀를 가까이 끌어당기면 그녀는 부드럽게 웃으며 땀에 젖은 그의 목에 입을 맞추고 그가 그녀의 허리를 감싸면 그녀도 똑같이 했다. 한순간 엘레오노르의 눈이 어둠 속에서 반짝거렸다. 그러다 그녀의 지나치게 넓은 눈꺼풀이 다시 감겼고 두 사람은 벌어진 옷, 미지근한 손, 부드러운 동작의 세계로 미끄러져 들어가 파묻혔다. 모든 것이 놀라울 정도로 능숙하게 이루어졌다. 냉소가 배제되었기 때문이다. 그도 그전까지는 전혀 몰랐던 것이었다. 얼마 뒤 그는 그녀의 어깨에 기대어 잠이 깼다. 눈을 감은 채, 아니 기쁨에 눈이 붙어버린 채(부엉이를 말뚝에 박듯이) 그는 엘레오노르의 입술이 무척 풋풋해서 놀랐다. 엘레오노르는 성난 새끼 염소를 바라보며 이런 위험을 무릅쓰지 않은 지 한참 되었지 생각했다. 그녀는 그가 휴대품 보관소 여자와 사인을 주고받았다는 사실을 모르지 않았다. 스캔들은 늘 질색이었다. 하지만 이 젊은이를 진정시켜야 했다. 누군가를 안심시킬 수 있는 유일한 방법은 쾌락을 나누는 것이라는 사실을 그녀는 알고 있었다. 사랑을 나눈 뒤에는 아주 간단해진다. 밤중에 어깨나 허리 위에 올린 손, 기지개를 켜고, 숨을 크게 내쉬고, 다시 잠이 드는 사람. 잠은 혼자 자면 안 된다. 어쩔 수 없이 혼자는 살아도 혼자 자는 건 안 될 말이다. 엘레오노르는 힘들 수도 있고 지루할 수도 있는, 믿음을 가졌고 실제로 경험했던 삶이 위험한 것은 아니라는 사실을 잘 알고 있었다. 적어도 그런 삶은 열정이 있는 경우가 아니라면 꿈을 꾸라고 강요하지 않는다(그런 경우가 있다면 그건 전쟁이다. 잔인하지만 적어도 정확한 규칙의 지배를 받는 전쟁). 반면에 그녀가 새벽에 경험한 혼란스러운 꿈과 멍한 기상, 두근대는 심장은 훨씬 더 걱정스러웠다. 세바스티앵 덕분에 더 잘 알게 된 시인 랭보가 노래한 그 비통한 새벽. 엘레오노르는 죽는 것이 두렵지 않았다. 죽는 것 자체는 아무것도 아니기 때문이다. 그것은 마지막 남은 사랑니일 뿐이다. 그러나 죽음을 경계했다. 그 꿈에서, 그리고 더 심각하게는 미래에 대한 생각에서 엘레오노르는 냉혹한 죽음을 보았다. 회색 레이스 옷을 입고 모자를 쓴 도도한 옆모습의 죽음은 지루하게 이어지는 저녁 식사에서 당신을 데리고 조심스럽게 빠져나가는 괜찮은 사람처럼 어리석음을 보고도 정중하게 웃었다. 거기에서 절대적인 반항이 시작되었다. 엘레오노르에게 죽음은 질병일 때는 천천히, 사고일 때는 갑자기, 하지만 항상 의도를 분명히 가지고 우리를 능욕하는 늙은 부인과 같았다. 그 늙은 부인에게 영웅적인 죽음은 없다. 잘 죽는 사람도 없고, 죽음으로 해방되는 사람도 없다. 사람들은 모든 것에 매달린다. 심지어 죽음의 고문에마저도. 신문에서 말하듯 '길고 고통스러운 질병'에 걸린 사람들도 그렇다. (이상하게도 신문에 '발기, 골반, 간염, 방광'이라는 말은 많이 나와도 '암'은 한 번도 본 적이 없다.) 그런 거짓 수치심이 조금 역겹다. 아, 맞다, 죄송. 폐암에 대해서는 말할 수 있다. 담배 때문이다. 처음으로 인정해야 했다. 엘레오노르, 아름다운 엘레오노르, 무심한 엘레오노르, 이름이 같은 아키텐 공주처럼 멀기만 한 엘레오노르는 낯선 청년에게서 그녀가 경멸하던 것, 직업, 사진, 쾌락, 걱정을 다시 발견했다. 그에게서 과격하고 열정적이고 불안한 것을 다시 발견하자 그녀는 당황했다. 세상에는 그렇게 얻어맞기도 전에 상처 받는 인간들이 있다. 많은 것을 쥐고 있으면서도 그렇다. 여기서는 프로이트까지 거슬러 올라가야 할 것 같다. 애정이 부족한 어머니, 어머니와 잠을 자는 못된 아버지, 그리고 어둠 속에서 눈이 휘둥그레져 부모가 관계 갖는 소리를 듣는 그들 자신, 가끔 정확하기도 하지만 대부분 치명적인, 그리고 어쨌든 수치스러운 전형까지 말이다. 열다섯에 엄마와 아빠가 육체적으로도 사랑한다는 사실을 받아들이지 않았다면 나는 바보에다 배은망덕한 여자가 되었을 것이다.

나는 엘레오노르와 나, 그녀의 삶과 나의 삶, 모든 것을 뒤섞기 시작했다. 당연한 일이다. 이것이 내 이야기이기 때문이다. 충실한 독자라면 이 이상한 이야기가 끝날 때 그렇다는 사실을 알 것이다. 따라서 나는 엘레오노르를 공중전화 박스에서 무릎을 약간 떨며, 잘 모르지만 충동적인 면이 마음에 드는 젊은 청년의 목에 매달려 있게 한다. 이제는 그의 몸무게, 체취, 숨소리를 알고 있으니 그녀는 아주 빨리 그와 자게 될 것이다. 엘레오노르는 진보적인 여성—진보적인 여성이라고 부르는 것—과는 거리가 멀었다. 그녀에게 남자는 서툴고, 매력적이고, 변덕스럽고, 어리석고, 측은한 존재였다. 여성해방 운동 따위는 우스웠다. 똑같은 노동에 똑같은 임금을 요구하는 건 좋다. 어찌 됐든 엘레오노르는 일하지 않았으니까. 그런 건 다 짜증 났다. 그리고 남자들은 잠을 잘 잤다. 사냥개나 고슴도치처럼 약간 긴장한 상태로 자거나 멋지고 여유로운 사자처럼 코를 골며 잤다. 그런데 항상 집주인이라도 된 듯 여자의 배 위에 팔꿈치를 올려 잠을 설치게 하고, 정작 본인은 태평하게 잔다. 그러면 우리 불쌍한 여자들은 어둠 속에서 눈을 뜬 채로, 가깝고도 독재자 같은 그 무게를 한마디 불평 없이 견뎌야 한다. 남자가 몇 시간 동안이나 다리를 얹어놓았을 때의 다리 저림이란! 아, 여성해방운동 좋아하네! 다만 가끔, 길 잃은 손, 아라공이 말한 벌거벗은 손이 우리에게 다가온다. 아이처럼 부드러운 손이 우리 손에 매달린다. 유치하든, 순진하든, 성적이든, 감미롭든, 가학적이든, 에로틱하든, 속삭이든, 사랑 게임은 다 비슷하다. 다만 이해해야 하고, 무엇보다 서로를 이해해야 한다. 침대에서, 야외에서, 미친 듯이 혹은 전혀 미치지 않은 듯이, 그늘에서, 태양 아래에서, 절망에 빠져서, 식탁에서. 그렇지 않으면 끝장이다. 그 모든 것은. 우리에게 조금 남아 있는 살아가야 할 거리, 다시 말하면 사람들을 즐겁게 하면서 겪게 될 얼마 남지 않은 것, 피할 수 없고 판단할 수 없으며 좋은 집안에서 태어난 사람에게는 정말이지 받아들일 수도 없는, 일상생활이라는 어리석고 거대한 두꺼비 울음소리에서 우리가 생각(하는 척)해야 할 그 얼마 되지 않는 것을 나눌 생각을 해야 한다. 가끔 나는 소망한다. 그렇다. 나는 회색 비행기의 출현을 바란다. 붕 하며 지나가는 예기치 못한 비행기 소리, 놀라서 그 소리를 향하는 사람들 얼굴, 그리고 그 비행기에서 떨어지는 보일까 말까 한 검은색 소포. 나는 하늘이, 우리 눈이, 고막이, 터지고 찢기기를 바라기도 한다. 그 혐오스러운 화상火傷을, 그리고 이 문명의 시대에는 우스꽝스러운 원시적 외침 "엄마야!"까지 바라기도 한다. 내가 두려워하는 한 가지는—우리에게 끔찍한 일이 닥친다면—그건 빈집에 홀로 남는 것이다. 죽는 건 그렇다 치자. 그러나 땅이 솟아오르고 꺼질 때 누군가의 목에 코를 묻고 죽을 것. 나는 자만, 광기, 서정의 감정을 가질 것 같다. 내 안에 척추가 있다는 것, 도전과 타인에 대한 열정, 혹은 사랑, 혹은 모두가 원하고 신도 어쩔 수 없는 것이 존재한다는 것을 알게 될, 마지막이자 유일한 기회일 것이다.

나는 꿈을 꾸고 일탈한다. 그러다가 망할! 합리적이고 실용적인 사람들, 워낙 잘 정착해서 초고속으로 죽으며, 죽는다는 것을 끔찍하게도 의식하고 있는 사람들과 파리에서 이틀을 보내고 서정적인 저녁을 맞이한 느낌이다. 그들에게 칠 수 있는 장난은 없다. 시인들은 모두 야행성에, 알코올중독의 미치광이였다. 사람들에게 존경받고 늙어서 죽는다는 것을 확신하려고 쉘 사의 주식과 세탁기를 사야겠는가? 시든 젖가슴 같은 노년의 안락함을 위해서? 안 될 말이다! 나이트클럽의 생활 만세! 그곳에 죽친 이들의 즐거운 또는 슬픈 고독 만세! 그곳에서 맺어지는 거짓 우정과 진짜 우정의 거짓 온기와 진짜 온기 만세! 가식적인 만남의 다정함 만세! 모든 사람이 천천히 하고, 야행성인 우리는 전속력으로 하는 인간성의 발견, 광적인 관계, 낭만적인 우정, 피의 약속을 대신하는 알코올의 약속 만세! 우리는 더 이상 착한 인디언이 아니다. 그렇다면? 우리는 지친 유럽인이다. 다시 본론으로, 우리의 양, 염소, 호랑이, 아니 더 정확하게는 암호랑이인 엘레오노르에게 돌아가자. 그날 저녁 엘레오노르는 씨앗에서 제대로 성장하지 못하고 스물여덟에 프랑스 영화계의 제일 큰 샛별이 된 어린아이 브뤼노 라페의 절망과 그 절망을 감추려는 의지를 보고 한순간 황홀했다.

14

1972년 3월

도빌과 파리를 잇는 기차 차창으로 한가로운 염소 한 마리가 보인다. 염소는 반짝이는 시냇가에 혼자 앉아 있다. 멀리서는 웃통을 벗은 남자 세 명이 잡초를 태우고 있다(창백한 햇빛에 가린 불은 혈우병에 걸린 것처럼 더 투명하게 탔다). 두 명은 살결이 뽀얗고, 나머지 한 명은 까무잡잡하고 아주 잘생겼다. 아, 얼마나 아름다운 프랑스어 작문인가! 내 삶도 길고 고전적인 프랑스어 작문이었으면 좋겠다. 늘 프루스트를 인용하고, 휴가 때는 샤토브리앙을, 열여덟에는 랭보를, 스물다섯에는 사르트르를, 서른에는 스콧 피츠제럴드를 인용했으면. 나머지는 일부러 말하지 않고 넘어간다. 내 삶은 이미 날림으로 급히 쓴 논술, 열등생의 논술이 되었다. 열등생은 인용문을 가지고 아무것도 하지 못하고 가끔 그것으로 스스로의 행복, 스스로의 자만, 스스로의 기쁨만 느낄 뿐이다. 사실 나는 정신없이 바쁘게 살아서 지금이 무슨 달인지, 무슨 해인지 더 이상 구분하지 않는다. 풀을 태우고 있는 저 세 남자의 느릿느릿한 동작과 꺼진 담배가 사치의 극치로 보일 정도이다. 어쨌든 지금은 나도 느릿느릿 살고 있다. 하지만 저들은 매 순간을 기억하는 반면 내가 시골에서 일하느라 보낸 여섯 달은 빠른 왈츠와 같았다. 그 시간은 처음에는 검었다가 짙은 초록으로 바뀌고 다시 연한 초록이 된 나무와, 누런 하늘에서 조용하고 수줍게 날아다니다가 봄의 첫 햇살에 붉어진 하늘에서 시끄럽고 위풍당당해진 새로 장식되었다. 내가 계절의 변화에 민감한가 보다 싶겠지만(『오, 아름다운 가을, 오, 아름다운 봄』을 보라) 1971년에는 두 계절 사이 시간이라는 차가운 스케이트장에 겨울이 없었기 때문이다.

자신의 등이 멋지고 금빛이 돌며 손으로 만지면 매끈하다는 사실을 알고 있는 엘레오노르는 낯선 침대에 배를 깔고 누워 방바닥에 뒹구는 이상한 물건들을 하나씩 살펴보았다. 다소('다'보다는 '소') 아프리카 분위기가 나는 나무 두상과 도자기 몇 점이 있었다. 취향이 없는 이 청년에게는 취향에 대한 감각—더 정확하게는 개념—이라고 보이는 것이 없었다. 그에게는 본능만 있었지 취향은 없었다. 그는 그에게 필요하다고 생각되는 사람이나 그를 필요로 하는 사람, 혹은 매력을 느끼는 사람에게 비교적 곧장 다가가는 부류에 속했다. 그러나 물건 앞에서는 팔을 건들거리며 제조 일자를 묻고, 세부 사항과 상품 견본을 따지는 부류였다. 살아 있는 사람에 대해서였다면 절대 묻지 않았을 것이다. 이미 (본능적으로) 이력을 꿰뚫기 때문이다. 브뤼노 라페가 동성애자처럼 생긴 것으로 유명하다는 소리를 들어 기분이 꽤 상한 엘레오노르는—파릇파릇한 청년의 디자이너 컬렉션을 좋아하는 취향보다 더 우울한 건 없기 때문이다—아주 비싸게 주고 샀을 옷을 보면 분별력이 아예 없는 것 같은 새 연인의 삶이 독특하게 아름다워 보였다. 일부러 괴상하게 꾸민 아파트에서 엘레오노르는 고급 취향을 가진 늙은 후견인이 모든 것을 고심해 배치한 것이 아니라 나쁜 취향을 가진 젊은이가 못됐거나 무식한 군중의 감탄을 받으며 모든 것을 뒤죽박죽 던져놓았음을 보았다. 그것이 엘레오노르를 웃게 만들었다. 하지만 부드럽고 측은해하는, 거의 애처로운 웃음이었다. 그는 그녀 옆에서 자고 있었다. 어깨를 움츠리고 자는 모습이 살면서나 자면서나 긴장을 늦추지 못하는구나 싶었다. 맹수의 냉혹한 운명을 타고

난 그를 엘레오노르는 진심으로 가엾게 여겼다. 그는 언젠가 알코올이나 마약, 신 등에 빠지거나 아예 그 모든 것에 중독될 것이다. 라이카 카메라, 텔레비전 카메라가 시키는 대로 껑충껑충 뛰도록 훈련받은 개가 될 것이다. 1면에 사진이 실린다는 생각만으로도 발을 동동거리며 등을 대고 눕는 동료 개처럼 될 것이다. 그러나 지금, 고미술상에게 산 부적에 둘러싸인 그는 아침 햇살 아래 아름답다. 오래된 나무 부적들은 가짜이고 그의 젊은 피부는 진짜이기에, 진짜 나무 부적을 사려고 머리를 쓰지 않았기에, 하찮고 인위적인 노력을 하지 않았기에 그는 더 아름답다. 십 년 뒤에 그는 가난뱅이가 되거나 낙오자가 되어 있을 것이다. 어쩌면 교양 있는 남자가 되어 있을지도. 그는 그에게 가장 책임이 없는 것, 그러니까 그의 피부, 빛나는 눈, 사랑할 줄 아는 능력에 기댈 수밖에 없을 것이다. 그리고 그가 가진 가장 천박한 것, 그러니까 야망, 양심의 부재, 거래에 대한 감각에 승부를 걸어야, 모든 게 잘됐을 때 다음 단계—마지막 단계는 특권층이라 할 수 있다—로 나아갈 수 있을 것이다. 엘레오노르는 알다시피 그 모든 게 우습다. 처음부터 교양, 우아함, 특히 무위를 가지고 태어났기 때문이다. 그녀는 그 모든 것이 하나의 인종—문장상의 의미로

고결한 인종이 아니라—, 어느 계층에 속하든 저속하게 말하면 항상 주머니를 비울 준비가 되어 있는 사람들에게만 있다는 것을 알고 있었다. 엘레오노르는 지나치게 많이 갖춘 이 낯선 청년에게 이상한 애처로움을 느꼈다. 언젠가 그가 그녀를 괴롭게 하리라고, 엘레오노르는 단 한순간도 생각하지 않았다. 그에게는 성공할 수 있는 조건이 많았고, 그녀에게는 그런 조건이 더 이상 충분히 남아 있지 않았다. 그는 가진 것에 집착했고, 그녀는 남아 있는 것에 더 이상 집착하지 않았다. 연인 관계에서 상대의 얼굴에 유일하게 던질 수 없는 불멸의 팬저Panzer 전차, 장거리 대포, 피할 수 없는 지뢰, 그리고 폭탄은 바로 무관심이다. 그걸 던졌을 때에는 전쟁이 지겹게 길어진다. 무관심 뒤에는 경작지 같은 이 남자의 가슴, 옆구리, 벼처럼 노란 털이 난 겨드랑이를 황폐화시킬 정도로 쌓아둔 재고가 있다. 엘레오노르에게는 어둠 속에서 뛰고 있는 남자의 심장을 정조준할 수 있는 노후된 대포 정도는 충분히 있었다. 바라건대 결코 사용하지 않을 그 폭탄은 지금은 완전히 진부해진 간단하고 짧은 문장이다. 그녀만의 히로시마 감정 폭탄. "당신 지겨워." 그녀 때문인지 아니면 그녀가 모르는 과거 때문인지, 손을 볼에 붙이고 본능적인 방어 자세로 어린아이처럼 자고 있는 금발 머리의 패배한 승자를 보자 엘레오노르는 자신에 대한 일종의 애처로운 우울을 느꼈다. 세바스티앵에게 돌아갈 시간이다. 가깝기도 하고 멀기도 한 오빠, 모든 게 가능한 무능력자, 현명한 미치광이, 다정다감한 무심남, 확신에 찬 불안남, 살아 있는 모순, 그녀가 사랑하고 그녀를 놀라게 하는 유일한 남자. 엘레오노르는 잠자는 청년을 새 카펫 위에서 오래된 심술을 부리는, 말 없는 아프리카 조각상 사이에 내버려두고 나왔다. 잠든 아름다운 청년이 금방 깨리라는 것을 알면서도 그냥 내버려두었다. 장 콕토의 여주인공처럼, 그녀는 당신을 사랑한 사제나 부랑자를 살려달라고 하는 양 기어들어가는 목소리로 택시를 불렀다. 낭만적인 목소리를 수화기에 남겨두고 오펜바흐의 곡을 휘파람으로 불며 계단을 내려왔다. 그녀의 기분에 어울리지도 않는 곡이었다. 하지만 계단을 내려가는 발소리와 어울려 갑자기 집착하게 되었다. 두 달전 세바스티앵이 그랬던 것처럼 엘레오노르도 눈부시고 파란 파리의 아침 속으로 몇 걸음 걸어 들어갔다. 세바스티앵처럼 그녀도 아무렇지 않다고 생각했다. 그런 질문을 한 것 자체가 더 이상 아무렇지 않기 때문이 아니라고 생각하는 걸 잊은 채.

15

그날 새벽, 그러니까 유난히 길어진 가을 때문에 어슴푸레하지 않았던 그날 새벽에, 기다리고 있는 사람은 세바스티앵이었다. 엘레오노르가 그 청년에게 사로잡히는 것을, 아니 더 정확하게 말하면 그 청년을 사로잡는 모습을 세바스티앵은 눈여겨보았다. 그 모습에 처음에는 웃음이 났다가 이내 생각에 잠겼다. 그리고 마치 부모에게 버림받은 고아처럼 아파트에 혼자 있다는 생각에 절절하게 서글퍼졌다. 이런 일은 처음이었다. 그러고 보니 지난 여섯 달 동안 그는 외출하는 습관이 들었고, 집에 남아 있는 사람, 기다리는 사람이 된다는 게 비정상적인 일처럼 지극히 고통스러웠다. 그는 연필을 집어 들고 관심을 딴 데로 돌려보려고 그가 경험한 여러 종류의 부재를 종이 위에 적기 시작했다. (기분이 아주 안 좋거나 조금 나쁠 때 세바스티앵은 작은 종이 위에 그 이유를 적어보는 건강한 버릇이 있었다.) 그는 사람들이 부재라고 부르는 것에 대한 자세한 표를 만들었다.

1. X를 사랑하지 않지만 X가 오지도 않을 때의 부재(프루스트 참조). 이럴 때는 상상력이 배회하기 시작하고 갑작스러운 사랑의 열정에서 몰상식한 무례함까지 예측 불허의 결과가 나타날 수 있다.
2. X를 사랑하고 X도 당신을 사랑하지만 오지 않을 때의 부재. 이때는 상상력이 고삐 풀린 망아지처럼 날뛴다. '죽었나? 감옥에 끌려갔나? 사고가 났나? 어디로 떠났나?' 이것이 사람들이 말하는 감정적 불안이라는 것이다.
3. X를 사랑하는 것은 알지만 X의 감정은 확실하지 않을 때의 부재. 그것은 불안이 아니라 공포다. '어디 있는 거지? 일부러 그러는 걸까? 나랑 게임하는 거야? 무슨 게임?'

쭉 써놓고 나니 그럴듯해 보여 세바스티앵은 조금 위안을 받았다. 그는 옷을 다 입은 채로 침대에 드러누웠다. 무슨 이유에서인지 알 수는 없지만 여동생이 돌아왔을 때 벗은 모습을 보이는 게 싫었다. 아마 오빠라는 역할 때문일 것이다. 일상생활의 핵심인 노라 제델만이 떠오르자 그는 속에서 올라오는 고독의 외침을 애써 외면하려 했다. 이제 그는 노라 제델만이 불쌍할 때만 찾아갔다. 상식적으로 가능하리라 생각할 수 없는 일이었다. 그리고 지금, 그의 또 다른 자아인 엘레오노르의 육체적 부재 역시. 단 한순간이라도 비난하려는 것은 아니다. 그는 지금 이 순간 엘레오노르가 누리지 못할 기쁨—그가 가치 있다고 생각하는 기쁨은 사랑 속에서만 존재하며, 지금으로서는 엘레오노르가 그 청년을 사랑할 리 만무하다는 것을 잘 알고 있었다—을 생각하는 중이다. 하지만 엘레오노르가 옆에 있었으면, 오늘 저녁이 어땠는지 서로 얘기를 나누었으면, 결국 그가 혼자가 아니었으면 싶었다. 고독의 외침, 고독의 이명은 더 거슬렸다. 강박적이었다. 신이 스스로 귀를 막은 게 아닐까 싶었다. 하지만 만약 신에게 귀가 있다면 오래전에 틀어 막혔을 것이다. 20세기에, 혹은 과거에 폭탄이 떨어지는 곳에서, 혹은 배고픔 속에서 어린아이들과 어른들이 비명을 질러도 그 가학적인 늙은이의 팔은 경련 때문에 꼼짝할 수 없었거나. 나는 신이 있다는 생각을 증오한다. 그 어떤 신이라도 말이다(신을 믿는 사람들에게는 용서를 구한다). 하지만 도대체 왜 신을 믿는 것인가? 신은 정말 필요한 존재였나? 혹은 왜 신은 보상을 해주는 것으로 필요한 존재가 되어야 했는가? 하지만 맹세하건대 나는 가톨릭 신자이다. 종교화를 모으고 1943년 수도원에서는 「내 주를 가까이함은」을 「원수님, 우리가 여기 있습니다」(제이차세계대전 당시 프랑스를 점령한 독일 나치에 협력했던 비시 정부의 수반 필리프 페탱Philippe Pétain 원수를 찬양하는 노래로 1941년에 만들어졌다—옮긴이)와 함께 부른 적도 있다. 생각해보면 네 살에서 열 살까지 나는 모범적이고 말 잘 듣는 건강한 아이였다. 성당도 잘 다니고, 다른 아이들처럼 스웨덴순무도 잘 깨물어 먹었으며, 그 나이 때 아이들이 그렇듯 기도송도 열심히 불렀다. (물론 그 이후로는 살다 보니 건전이나 순결과 거리가 멀어졌다. 스웨덴순무도 흔히 볼 수 없게 되었다.) 다만 어렸을 때 실수로 끌려간 시골 영화관에서 못 볼 광경을 본 적이 있었다. 내 안에서 다른 존재가 태어난 결정적인 광경이었다. 아주 간단히 소개하자면, 그것은 다하우(독일 바이에른 주에 위치한 도시로 독일 나치 정권하에 강제수용소가 건설되었다—옮긴이)의 모습이었다. 불도저와 시체들……. 지금도 조금이라도 반유대주의적인 말이 들리면 테이블에서 벌떡 일어나는 이유도 그 때문이다. 특정한 대화 형식, 심지어 특정한 냉소주의—시간, 나의 삶, 그리고 내가 알았던 사람들이 나의 의도된 냉소를 만들었지만—도 견디지 못한다. 특정한 걸 말하지 않고, 하지 않고, 당하지 않기 위해 신 나게(신 나게는 과장이고, 적어도 의도적으로) 죽어버리는 게 내게는 자명한 일이다―누구나 '선의'를 악의만큼이나 당당하게 어깨에 둘러메고 다니는 시절에 이런 말을 한다는 게 부끄럽다. 그러나 나 자신에 대한 존중심은 전혀 없다는 것도 사실이다. 나 자신을 기쁘게 하려는 귀찮고 성가신 취향은 키운 적이 없다. 존경을 받는 것도 마찬가지다. 나는 존경이라는 것에 전혀 관심이 없다. 차라리 그게 낫다. 맨발로 모는 페라리, 술잔, 그리고 내 자유분방한 삶 사이에서 누군가가 나를 존경할 만한 사람으로 여긴다면 그건 괴상한 일일 것이다―내 책에서 읽은 문장에 감동받고 그걸 기억해서 내게 알리려는 것이 아니라면. 나는 늘 그 문장, 대포의 탄환 같은 그 감정의 발사체는 우연히 쓴 것이라고, 그리고 그것에 대해서 나는 시대의 흐름만큼이나 책임이 없다고 생각한다. 나는 나를 존중하는 것, 나를 하나의 인격체로 생각하는 것이 그렇게 중요하다고 생각하지 않는다. 경멸당할 위치에만 놓이지 않으면 된다는 생각이다('경멸당할 위치'란 나 스스로를 경멸할 수 있는 위치를 말한다). 다른 사람들에 대해 말하는 것이 아니다. 다른 사람의 의견은 바위에 부딪히며 노는 허무한 물거품 같은 것이다. 나를 마멸하는 것은 그것이 아니다. 당신을 마멸하는 것은 파도다. 파도는 불시에 거울 앞에서 수천 번 맞닥뜨린 내 자신의 모습이다. 거울에 비친 모습은 다른 사람의 눈에 비친 때로는 애처로운 나보다 천 배나 순수하고 천 배나 냉혹하다. 물론 이타적인 방식으로 나를 증오한 적도 있다. 보통 누군가에게 상처를 주었을 때다. 물론 나 자신을 경멸한 적도 있다. 다른 사람에게도, 나에게도 잘한 일이 없기 때문이었다. 물론 모래 위에 서 있었던 적도 있다. 물을 찾는 물고기처럼 숨을 헐떡이며 행복의 공기, 영국인들이 '자기만족'이라 부르는 것을 찾았다. 그러고는? 진실은 나뿐이었다. 새벽부터 존재한다는 것이 증오스러웠지만. 그다음 날 새벽에는 내 삶과 내 숨, 이불 위에 덩그러니 놓인 내 손을 평화로이 의식하는 내가 진실이었다. 하지만 어떤 경우에도 나는 혼자였다.

이건 지나치게 유행하는 주제이긴 하지만 우울증보다는 매력적이다. 그래서 이 에세이소설도 그 상태를 묘사하는 것으로 시작했다. 그 이후 비슷한 사람을 열다섯 번이나 만났다. 나는 단어를 하나하나 배열하는 이상한 강박증 덕택에 혼자서 우울증을 극복했다. 단어들은 다시금 내 눈앞에 꽃처럼 피

어울랐고 내 머릿속에 메아리처럼 울려 퍼졌다. 누군가에게서 우울증을, 그 재앙을—그 문제에 대해서는 농담을 해서도 안 되고, 할 일이 없어서 그렇다느니, 되는대로 살아서 그렇다느니 말해서도 안 되기 때문이다—만날 때마다 나는 애처로움에 사로잡힌다. 생각해보면 우울증을 피할 수 있다고, 적어도 그 병에서 회복될 수 있다고 '다른 사람들'에게 설명하려는 게 아니라면 왜 글을 쓰겠는가? 모든 텍스트의 절대적인, 고유의 존재 이유는, 그것이 소설이든, 에세이든, 심지어 논문이든, 이처럼 늘 사람들에게 손을 내미는 것이다. 무언가 증명할 것이 있다는 것을 바보같이 증명하려는, 절제되지 않는 욕망이다. 그것은 힘, 힘의 흐름, 나약함의 흐름이 있다는 것을 증명하려는 코믹한 방법이다. 그 모든 것이 표현 가능하므로 결국 상대적으로 무해한 것이다. 내가 가장 좋아하는 시인들은 죽음, 말에 대한 감각, 정신 건강을 가지고 놀며 우리 '소설가들'보다는 더 많은 위험을 감수할 것이다. '오렌지처럼 파란 땅'이라고 쓰려면 꽤 대담해야 한다. '비통한 새벽, 잔혹한 달, 씁쓸한 태양'이라고 쓰려면 엄청난 용기가 필요하다. 펜을 굴리는 공무원인 우리의 유일한 소유물, 단어, 단어의 의미를 가지고 노는 것이기 때문이다. 그것은 전쟁터 입구에서 무기를 버리는 것이나 마찬가지이다. 혹은 총을 거꾸로 들고 이미 홀려 반쯤 흐려진 눈을 하고 총이 얼굴을 향해 발사되기를 기다리는 것이다. 내가 누보로망 작가들을 탓하는 것도 바로 그 때문이다. 그들은 발사되지 않는 총알, 핀 없는 수류탄을 가지고 논다. 불분명한 단어들 사이에서 그려지지 않은 인물을 독자에게 스스로 만들어내라고 한다. 그리고 그들은 보란 듯이 손을 씻는다. 생략이 매력적인 것은 두말하면 잔소리다. 그러나 나는 생략을 그 정도로 많이 사용해서 어떤 즐거움을 느끼는지 모르겠다. 작가도 정말 괴로웠는지, 알 수 없는 난해한 것을 가지고 사람들에게 상상하라고 하는 것은 조금 지나치게 쉽고, 어쩌면 불건전하기까지 하다. 여주인공을 위해 커피 잔에 눈물까지 흘렸던 발자크 만세! 편집증적으로 그 어떤 비약도 용납하지 않는 프루스트 만세!

프랑스 문학 수업이 끝났으니 나는 이제 내 스웨덴 남매에게, 아니 파리 아침의 포석 위를 긴 두 다리로 성큼성큼 걷고 있는 엘레오노르에게로 돌아가야겠다. 그녀는 어디로인지 돌아가고 있었다. '그녀의 집'이라는 것은 그녀 머릿속에서 아무런 의미도 없었다. 그녀는 '그들의 집', 그러니까 오빠에게로 돌아가고 있었다. 그 풋내기의 품에서 내가 왜 엘레오노르가 되었는지 나도 모르겠다. (이 돌발적인 사건의 결과를 생각해 내기가 힘들었기 때문이리라.) 어쩌면 내가 이야기 늘이는 걸 좋아하기 때문인지도 모른다. 낯선 질투심에 사로잡혀 엘레오노르의 온건함, 『여자 007 모디스티』(1963년 출간되어 선풍적인 인기를 끌었던 영국 만화. 1966년에 영화로 제작되기도 했다—옮긴이)의 육탄전처럼 가차 없고 극단적인 기술을 사용해 사랑에서 자신을 보호하는 엘레오노르의 방식이 약간 거슬리기 시작해서였는지도 모른다. 자기가 만든 남자 주인공이나 여자 주인공에게 감탄하지는 않는다. 부러워하지도 않는다. 그건 피학적인 일이고, 피학은 내 강점이 아니기 때문이다. 약점도 아니지만. 어쨌든 엘레오노르는 나를 멸시한다. 정말이다. 나는 그녀가 실패를 맛봤으면 좋겠다. 침대에서 괴로워 뒹굴고, 주먹을 물어뜯으며 땀을 흘렸으면 좋겠다. 브뤼노가 전화할까 싶어 전화기 옆에서 몇 시간이고 기다렸으면 좋겠다. 하지만 어떻게 하면 그녀를 그렇게 만들 수 있는지 정말이지 모르겠다. 그녀는 모든 것을 허락하기에 성을 완전히 제어한다. 오빠가 있으니 고독도 상쇄된다. 야망은 전혀 없다. 이러다가는 내가 브뤼노 라페의 편에 서겠다. 지금의 그는 약한 존재니까. 게다가 나는 우월하다고 하는 사람보다 열등한 사람을 더 좋아할 때가 많았다. 단지 운명이라는 것 때문에 그들은 마치 반딧불이나 불나방처럼 삶이라는 커다란 전등갓에 날아가 충돌한다. 날아다니는 그들을 아프지 않게, 날개가 구겨지지 않게 잡기 위한 나의 절망적인 노력, 제때에 전등을 끄려는 나의 우스꽝스러운 시도는 큰 도움이 된 적이 없었다. 곤충일 때는 한 시간, 인간일 때는 일 년이 지난 뒤 나는 그들이 똑같은 전등갓 안쪽에 붙어 있는 것을 발견한다. 그들은 내가 그들의 불쌍한 곡예를 멈추려고 했을 때와 똑같이 도취되고, 고통받고, 벽에 부딪히기를 갈구한다. 내가 체념한 것처럼 보이겠지만 그렇지 않다. 체념한 쪽은 다른 자들이다. 신문, 텔레비전이 체념했다. "그래, 그래, 선량한 사람들아. 당신들 중 얼마는 곧 교통사고로 죽을 것이다. 또 얼마는 식도암으로, 또 얼마는 알코올중독으로, 또 얼마는 처량한 노화로 죽을 것이다. 그건 말해줄 수 있다. 신문에서 벌써 얘기해줬을 테니까." 그러나 나는 옛말이라고 다 옳지 않으며 예방은 치유가 아니라고 믿는다. 나는 반대를 믿는다. "그래, 그래, 선량한 사람들아. 내가 너희에게 이르노니, 당신들 중 얼마는 위대한 사랑을 경험할 것이고, 또 얼마는 삶에 대해 뭔가를 깨달을 것이다. 또 얼마는 누군가를 도와줄 수 있을 것이고, 또 얼마는 죽을 것이지만(물론 백 퍼센트 다 죽을 것이다) 침대 머리맡에서 누군가가 그런 당신을 바라봐 주고 눈물을 흘려줄 것이다." 그것이 인류와 이 몹쓸 존재를 위한 소금이다. 꿈같은 무대에 펼쳐지는 것은 해안도, 클럽 메드도, 친구도 아니다. 요즘 사람들이 의도적으로 빼앗아가는 것은 뭔가 약하고 소중한 것, 기독교인들이(무신론자들은 다른 말을 사용한다) '영혼'이라고 부르는 것이다. 그 영혼을 잘 돌보지 않으면 어느 날 숨이 턱에 차 은총을 구하는 영혼의 상흔을 보게 될 것이다. 그리고 그 상흔은, 분명 우리가 자초한 것이다.

16

 엘레오노르는 우리들 대부분과 비슷하게 어둠 속에서, 어머니의 이불을 얼굴에 덮고 태어난 뒤 작은 야행성 맹금류인 우리처럼 최대한 늦게 이불에서 벗어나려 했다. 그녀는 가난하지 않았기 때문에 얼굴을 덮고 있던 이불이 이른 나이에 갑자기 벗겨지는 일은 없었다. 그래서 빛 혹은 삶이라 부르는 것으로 천천히 나아갈 여유가 충분했다. 다만 완전한 빛까지 나아가지 못했을 뿐이다. 그녀의 육체와 타고난 품성에 비하면 꽤 일찍 다시 이불을 덮고 어둠과 안락함 속으로 떨어지기 시작했던 것이다. 세바스티앵이 없었다면 그녀는 삶과 표피적인 접촉밖에 하지 못했을 것이다. 가난, 열정, 폭력 등의 날것, 그리고 가혹한 진실과는 최대한 거리가 먼, 경직되어 있으면서도 자유분방한 접촉만 했을 것이다. 몽상가인 그녀는 상상력이 부족했다. 사실 엘레오노르가 책을 좋아하는 것과 연인에게 못되게 구는 것도 다 그 탓이다. 개보다는 고양이가 그녀를 더 좋아했다. 고양이는 엘레오노르가 자기처럼 무한함, 죽어 있는 온기, 뜨거우면서도 무기력한 생명을 가지고 있다는 것을 알아보기 때문이다. 브뤼노 라페는 그런 종족과는 거리가 멀었다. 그는 늘 배고프고 만족을 모르는, 사나운 늑대 같은 종족이었다. 또 엘레오노르를 이해할 수 있는 나이도 아니었다. 동물과의 비교는 끝내고, 그들의 성격을 가장 원시적인 상태에 놓고 그들 가까이에 불이 있다고 가정해보자. 엘레오노르는 가르랑거리며 불에 가까이 다가갈 테고, 브뤼노는 으르렁거리며 불을 피할 것이다. 그러나 지금 두 사람은 오픈카를 타고 달리고 있다. 그림처럼 아름답고 우아한 모습으로 파리 근교의 식당에 식사를 하러 가는 참이다. 엘레오노르 같은 여자를 만나보지 못한 브뤼노의 스타일에 엘레오노르는 기가 막힐 정도로 짜증이 났다. 그는 주유소 직원에게 차 열쇠를 던지는 사람이었다. 친절하게 던진 것이지만 던진 건 던진 것이다. 타이어마다 뭔가 친하고 잘 안다는 듯 발길질을 해댔고, 작은 영국제 차의 여러 계기판을 사려 깊은 태도로 만지작거렸다. 엘레오노르에게 시가 라이터로 담뱃불을 붙여보라고 권하기까지 했다. 그녀에게 담뱃불을 붙여주기 위해 고속도로 한가운데에서 차를 멈추지 않는 남자는 상상조차 할 수 없는 일인데 말이다. 주유소 직원에게 차 열쇠를 던지는 것 역시 생각할 수도 없는 일이었다. 주유소 직원이 아니라 그 누구에게라도 열쇠는 손에 차분히 쥐여줘야 한다. 브뤼노가 신이 나서 그녀를 위해 일부러 파일럿 팬터마임을 해대는 꼴도 못 봐주겠다. 출발하면서 "이러! 이러!" 소리를 지르지 않는 게 이상할 정도였다. 엘레오노르의 화장이 다 지워질 정도로 바람이 강하게 부는데도 분위기를 낸답시고 신 나는 노래나 아름다운 음악을 라디오에서 찾아낼 생각이었다. 자동차가 시속 120킬로미터만 넘어가도 소리가 들리지 않을 텐데 말이다. 약간의 천박함이 갖는 문제는(브뤼노 라페에게도 그것은 어린 시절을 상기시켰다) 어떤 소유물이 나타나면 그 천박함이 갑자기 튀어나온다는 것이다. 싫다는 사람한테도 그 소유물의 매력을 함께 느끼게 하려고 기를 쓴다. 브뤼노는 아프리카 가면에 대해서는 신경을 쓰지 않았다. 그의 자명한 무관심에 엘레오노르도 동조했다. 그러나 자동차는 사랑했다. 엘레오노르가 보기에 그는 자동차를 제대로 사랑하지 못했다. 어렸을 적 엘레오노르에게는 많은 말이 있었다. 하지만 말의 머리를 쓰다듬는다거나 설탕 조각을 먹이는 일은 생각도 하지 않았다. 입을 닦아줄까, 외모를 가꿔줄까 생각하는 게 전부였다. 그녀에게는 그것이 말의 아름다움과 생기, 그리고 초연함에 감사하는 최고의 방법이었다. 십 년 뒤 그녀가 계기판 따위에 감탄할 일은 없었다. 따라서 엘레오노르가 테이블에 앉았을 때는 기분이 나쁜 상태였다. 게다가 손님들 수준도 낮았다. 그들은 왁자지껄 떠들어대거나 소곤소곤 속닥거렸고, 이 평범한 장소를 고급스럽거나 신비스러운 곳으로 만들려고 애썼다. 아무런 문제가 없었던 브뤼노는 그에게 아무런 도움도 안 되는 여자를 '가진' 다음 날 그녀를 식사에 초대하게 되어 한없이 기뻤다. 브뤼노는 식당과 도로 그리고 그의 먹잇감을 다스리는 젊은 군주가 된 기분이었다. 브뤼노는 가르랑거렸다. 그는 우아한 동작으로 엘레오노르에게 메뉴판을 건넸다. 그리고 여자는 음식의 맛과 몸매를 동시에 생각해야 하기 때문에 음식을 고르는 데 한참 걸린다는 걸 아는 남자의 참을성 있는 태도를 취했다. 그의 태도는 비단 엘레오노르만을 의식한 것은 아니었다. 유명한 브뤼노 라페를 한눈에 알아본 식당의 모든 사람들을 의식한 것이었다. 그는 관대한 미소를 지으며 얌전히 그의 손을 바라보고 있었다. 그래서 그의 행동을 눈여겨보는 엘레오노르의 대담한 회색빛 눈동자를 바라보고 깜짝 놀랐던 것이다. 그녀가 어린아이에게 목도리를 건네주듯 그에게 메뉴판을 다시 건네주고 자리에서 일어나 사라졌을 때는 더 놀랐다. 의자를 뒤로 밀고 일어날 시간도 없었다. 그의 매니저가 그럴 수도 있다며 다시 자리에 앉으라고 말했기 때문이다. 엘레오노르가 행복감에 취해 머리라도 빗으러 간 모양이라고 생각했다. "속이 안 좋은가 보지. 너무 빨리 달렸어. 하지만 보닛 밑에 있는 말 300마리와 뻥 뚫린 고속도로는 어쩔 거야? 그리고 스웨덴 여자들은 비위가 좋기로 유명하던데?" 십분이 지나자 브뤼노는 그가 몰랐던 생명체를 발견하고는 화가 나기 시작했다. 그는 거만하고 어설프며 탐욕스러운 어린아이에서 짜증 난 젊은 청년으로 바뀌었다. 고통이 없지 않았다(얼마나 많은 침대와 작전을 거쳤던가!). 시간이 없었기에 그는 부산하게 움직이며 식당 주인을 거의 들었다 놓고, 휴대품 보관소 여자에게 거칠게 질문을 퍼붓고 차까지 달려갔다가 다시 돌아와 파리에 전화를 걸었다. 무슨 일인지 이미 알아낸 바텐더는 재미있다는 듯 그 모습을 지켜보았다. 그 순간, 왜 버려졌는지 도저히 알 수 없었던 그는 엘레오노르를 잊어버리기로 작정할 수도 있었다. 그의 매니저와 신문, 그리고 그동안 만났던 연인들이 그에게 심어준 시계 속에서라면 계약이든 여자든 그에게 단 하나의 빈틈도 있어서는 안 되었다. 그러나 엘레오노르는 택시를 타고 떠났고, 그 상황은 그를 삼 년 전으로 되돌려놓았다. 그가 두려움과 배고픔, 목마름을 가지고 있던 그때, 인생이 지금과는 달리 그가 바라는 대로 흘러가지 않던 그때로 말이다. 그가 읽었던 이야기의 불쌍한 주인공처럼 그는 차에 올라 파리의 엘레오노르 집으로 향했다. 문을 열어준 것은 스웨터를 걸친 세바스티앵이었다. "응, 들어왔어. 응, 바람을 많이 맞았대. 응, 시골풍 식당은 좋아하지 않아. 응, 가끔 자기도 왜 그러는지 모를 행동을 하지. 응. 지금 자." 그때 브뤼노는 자신을 구원해줄 충동에 휩싸였다. 회의적이지만 너그러운 태도를 보였던 세바스티앵을 거의 밀어붙이고 문을 열고 들어가 침대에 누워 아무렇지도 않게 『픽윅 페이퍼스 *The Pickwick Papers*』(1936년에 연재하기 시작한 찰스 디킨스의 첫 장편소설. 1937년에 나온 최종회는 40만 부나 팔려 디킨스가 집필에 전념할 수 있는 기반을 마련해주었다—옮긴이)를 읽고 있는 엘레오노르를 발견했다. 그녀를 바라보는 동안 기억이, 친구들의 이야기가 머리에 스쳤다. 그는 여기에서 누가 대장인지 보여줘야 한다고 생각했다. 여자는 흠씬 두들겨 패줘야 말을 듣는 법이다. 어쩌면 동요한 모습을 보여주지 말았어야 했는지도 모른다. 멋지게 무관심한 척할걸. 하지만 이미 늦었다. 벌써 그녀에게 돌아와 그녀의 침대 발치에서 화가 나서, 두려워서, 몸을 떨고 있으니 말이다. 초라한 아파트는 갑자기 난공불락의 요새로 탈바꿈했다. 이제 곧 내려질 판결만 기다리는 수밖에 없었다.

"너도 이 끔찍한 아파트가 지겹지? 지금 픽윅과 그의 친구들이 전투지에 있는 부분을 읽고 있어. 내 평생 이것처럼 웃긴 장면은 처음 읽는 것 같아."

바람과 분노, 놀라움으로 아직도 얼이 빠진 채 그녀를 쳐다보고 있는 브뤼노에게 엘레오노르는 옆에 있는 베개를 토닥거리고 손가락으로 책의 한 구절을 가리키며 옆에 눕도록 거의 강요했다. 브뤼노는 픽윅을 읽어본 적이 없었다. 그의 마음이 진정된 뒤, 엘레오노르가 가끔 킥킥대며 작은 소리로 읽어주는 문장이 머리에 들어오기 시작하자 그도 웃기 시작했다. 그는 그렇게 완전히 긴장이 풀린 채 엘레오노르에게 찰싹 달라붙어 평생 가장 완벽한 오후를 보냈다. 5시쯤 배가 출출해오자 그날만큼은 주인 역할을 하지 않기로 한 듯 세바스티앵이 스파게티를 해주었다.

17

글의 첫머리를 주誅로 시작하는 것이 이상해 보일 수도 있다. 하지만 어젯밤에 알게 된 걱정스러운 일 하나가 있다. 왜 모든 추리소설에서는 쫓기는 남자가 길거리 매춘부의 호의를 거절할 때마다 "그는 그녀를 밀어냈다"라고 하는 걸까? 그리고 매춘부는 어김없이 욕설을 퍼붓는다. 매춘부들은 그렇게 분해하고 그렇게 자만하는 걸까? 아니면 남자들은 유혹이 직업인(가혹한 직업일 것이다) 여자에게 자신을, 혹은 자신의 돈을 허락하지 않음으로써 기쁨을 느끼는 것일까? 그래서 여자들이 남자에게 역정, 짜증, 불평을 해야 할까? 나도 모르겠다. 어쨌든 그것은 말했다시피 부차적인, 그러나 재미있는 문제다. '부차적'이라고 하는 것은 확실하지 않아서다. 남자는 누구에게든, 무엇을 위해서든, 욕망의 대상이 되는 걸 좋아하는 것 같다. 그 덕분에 주머니가 가벼워진다 할지라도 말이다. 하긴 여자도 마찬가지다. 하지만 여자에게는 더 당연한 일이다. 사람들이 뭐라 하고 뭘 하든 여자는 아직은 '물건'이다. 물건은 냉정하고 사실상 상처 입힐 수 없다. 공격을 할 수 없으니 상처를 입힐 수도 없는 것이다. 그러나 다 큰 남자아이, 우리의 주인, 델릴라에게서 빼앗고 싶은 우리의 삼손을—사실 그들이 힘이 빠지면 머리카락뿐만 아니라 심장까지 잘라낼 사람은 우리이므로—요즘 신문에서 엄청 나쁘게 다루는 것 같다. 내가 잘 이해했다면 남자들은 1) 가족을 위해 돈을 번다. 하지만 어쨌든 여자보다 돈을 더 많이 버니 그것은 부당하다. 2) 주말에 아내와 아이 셋, 그리고 개를 차에 태우고 운전한다. 그것은 그의 여자에게 아주 위험하다. 3) 사랑을 나눈다. 그러나 한편으로는 과장되어 있는 듯하다.『마리끌레르』를 보라(『마리끌레르』는 관계를 맺을 때 남자의 성기는 그리 중요하지 않다고 설명한다). 4) '골칫거리'가 생겨도 고통받지 않는다. 우리에게는 참으로 부당한 일이다. 아무리 우리가 카페라테에 소중한 피임약을 곁들이는 걸 깜빡했더라도 말이다. 5) 바람을 피운다. 술도 마시고, 결국에 가서는 친구들과 어울리는 걸 더 좋아한다. 그건 우리를 완전히 무시하는 증거라고 한다. 6) 직접 산 텔레비전 앞에 주저앉는 짜증 나는 경향이 있다. 아무리 우리가 남자에게 텔레비전을 사도록 어느 정도는 강요했다고 하더라도 그것은 권태의 징후다. 그리고 우리가 남자에게 요구하는 것은 정말 적다. 남자 놀음은 그만두고 진짜 남자가 될 것, 그리고 우리가 새 원피스를 입었으면 알아보고 기뻐하며, 우리를 좀 더 원할 것. 남자들은 우리가 그들에 대해서 갖는 생각에 안심하지도 말고 기대지도 말아야 한다. 그들이 삼십 년 전에 태어났다 하더라도 우리가 위대한 일을 하지 못하도록 탄압한 역사는 2000년이다. 이제 그들이 대가를 치를 시간이 된 듯하다. 물론 이건 농담이다. 하지만 나는 남자랍시고 으스대는 남자들을 혐오하는 게 사실이다. 그런 남자들은 대부분 여자들을 질리게 한다(밤이건 낮이건). 그런데 또 한편으로는, 특히 요즘 남자들의 애처롭고 어리둥절한 한탄이 마음 아프게 들리기 시작했다. 일반론으로 말하려는 집착에 화가 난다. 함께 사는 남자가 '평등한' 임금을 결정하는 것은 아니다. 낳고 싶은 아이의 수를 결정하는 것도, 귀가 따갑도록 들리는 성 평등을 위한 투쟁의 상징을 대표하는 것도 아니다. 그런 생각을 하는 사람들이 웃긴 사람들이라고 말하는 건 참 쉬운 일이다. 게다가 그런 사람들은 양쪽 모두에 있다. 그러나 어떤 이론, 그러니까 추상적인 것 때문에 그때까지 구체적인 관계를 맺어왔던 두 사람이 완전히 말도 안 되고 생기도 없는 논쟁을 벌이는 것은 애석하고, 더 정확히 말하면 어리석다.

또 한편으로 내가 말하는 것은 뭔가? 남자와 여자는 지적으로 서로 보완해주고 어떤 신문기사, 어떤 시, 어떤 음악, 어떤 경주마가 왜 좋은지 서로 말할 수 있다(몇 년만 지나면 함께 이야기하고 싶은 기분이 드물어진다). 아니라면 두 사람의 관계는 정욕일 뿐이다. "어디 있어? 뭐 해? 더는 널 사랑하지 않아. 널 사랑해. 나 가버릴래. 나 남을래." 이 이론의 결론은 뭘까? 화해와 통합을 위해서, 혹은 평등을 위해서 인류를 둘로 나누는 것이다. 평등은 절대 이루어질 수 없다는 걸 알면서도 말이다. 다른 사람보다 힘이 더 세거나 더 약한 일부 남자나 여자가 그 한계를 넘어선다 하더라도 결국 모든 것이 허황되다. 나는 기품 있는 여자가 무식한 남자를 사랑하는 것도 보았고, 마음 여린 남자가 기 센 여자를 사랑하는 것도 보았다. 나는 성 평등의 개념이 유효하다고 생각한 적이 단 한순간도 없다. 임금이나 인종 차별은 지금도 존재하고 앞으로도 오랫동안 존재할 것이다. 인간관계란 원래 불평등하다는 것을 받아들인다면—그것은 성과 관련이 없는 불평등이다. 헉슬리가 그것을 가장 정확하면서도 가장 잔인하게 표현했다. "연인 관계에서는 항상 사랑하는 쪽이 있고 사랑받는 쪽이 있다."—잔인하지만 어쩔 수 없는 이 진리를 받아들인다면 진짜 문제는 남녀 간의 불평등이 아니라는 사실을 이해할 것이다. 많은 똑똑한 여자와 착한 여자가 빠지는 함정도 그것이다. 진실은, 사람을 우둔하게 만드는 것이 목적인 관습으로 인해 커플이, 사람들이, 대중이, 완벽한 멍청이가 된다는 것이다. 그럴 '운명'이 아니더라도 결국 그렇게 되고 만다. 커플은 현재 작동하고 있는 시스템—기분 전환 시스템—에 따라 서로에 대한 권태를 남녀의 차이로 몰아간다. 사실 남자든 여자든 그 누가 많은 시간 일을 하고 집으로 가면서 허기, 갈증, 졸음 외에 다른 것을 가지고 갈 수 있겠는가? 어쩌면 같이 사는 첫해에는 그것이 가능할지 모른다. (그와 마찬가지로 사람들은 꽤 의식 있는 젊은 세대의 진심 어린, 그리고 내가 보기에는 이유 있는 거부를 왜곡시키려 했다. 멀쩡한 40대라면 절대 바라지 않을 미래에 대한 거부였으므로.) 아, 우리의 시끄러운 40대들의 불평 소리는 이제 지겹다. "안 돼! 해변은 더 이상 해변이 아니야! 시골도 없어지고, 자유도 없어졌어!" 그들에게 젊음을 다시 되돌려준다면 어렸을 때로 되돌아가려고 할까? 아마 그 시절을 끔찍하다고 생각할 것이다. 삶이라는 대형 테이프 레코

드를 뒤로 돌려달라며 그들이 왔던 시점으로 다시 돌아가려 할 것이다. 그들에게 호기심이 없어서도 아니고 과거에 대한 애정이 없어서도 아니다. 어느 모로 보나 참 재미없는 미래가 기다릴 것이라는 깊은 두려움 때문이다. 그때—이번에도 기분 전환 시스템—그들은, 이 세대가 폭력을 좋아한다, 뭘 재건해보려고도 하지 않는다, 사랑도 싫단다, 말할 것이다. 그러나 나는 아주 어리지만 낭만을 넘어 정열에 가득 찬 청년들을 보았다. 그런데 40대들은 그것만은 허락하지 않는다. "감성이라면 역시 우리 세대였죠. 발자크며 고전을 읽은 건 나였어요. 내 아들이 침대에서 훌쩍거리는 건 웬 창녀 같은 계집애 때문이죠. 아들 친구들하고 다 자고 나서 아들 녀석까지 차버렸답니다." 에로티시즘에 관해서는 이렇게 말한다. "그 불쌍한 녀석들은 에로티시즘이 뭔지도 모릅니다. 우리가 스물다섯이었을 때는, 기억나지, 아르튀르? 심심할 날이 없었죠." 나이와 계층을 초월한(과거의 영광에 얽매인 프랑스인들은 사랑에 관해서라면 다른 나라보다 열 배는 민족주의적이므로) 모든 부르주아님들, 이것만은 머릿속에 단단히 기억하고 계시길. 스무 살 아이들끼리 사랑하는 게 단지 두 성병의 만남만은 아니라는 걸. 그 늑대 새끼들도 똑같은 내면의 욕구로 온기와 서정—위 세대보다 더 빨리 이불 속으로 침몰된다 할지라도 그 절대성만큼은 떨어지지 않는 욕구—을 원한다는 걸 반드시 인정해야 한다.

어쨌든 다행스러운 것은 젊은이들의 미래를 정하는 것은 이번 정부도, 그다음 정부도 아니라는 사실이다. 젊은이들의 뿌리는 이미 자랐다. 그들의 뿌리는 조롱이고 경멸이며, 안타깝게도 아직은 희망이 아니다. 그들에게 말하기는 쉽다. "우리 나이가 되면, 차장이 됐을 때 얼마를 받고, 시트로엥 아미 6을 사려면 얼마를 줘야 하는지 알게 될 거야. 그리고 자네 입에 재갈이 물려지겠지. 우리가 아니면 상황이, 돈이, 혹은 가난이 그렇게 만들 걸세." 선배인 우리가 다음과 같이 말하는 게 더 정상 아닐까? 혹은 더 인간적이지 않을까? "그래, 마음껏 즐겨. 하지만 선생님이나 친구들 얼굴은 때리지 마. 정말이지 폭력은 돌이킬 수 없으니까. 그리고 무엇보다 부르주아적이야. 폭력을 사용하면 우리 같은 처지에 놓이게 될걸? 다른 곳에 관심을 가져봐. 아주 먼 곳으로 떠나봐. 그러고 싶어서 안달이잖아. 겉치레는 잊어버려. 대마초를 피우는, 혹은 피우지 않는 힌두교도들을 만나봐. 아주 할 만할걸? 정말 싫은 게 아니라면 영국인들도 만나봐. 지구와 함께 놀아. 몇 달러만 있으면 조금만 시간을 내도 닿을 수 있잖아." 신경이 날카롭고 복잡하고 종종 함정에 빠지는 아이들에게 이런 말을 하기란 어렵다. 함정에 빠진 아이들이 있는 것은 우리가 그렇게 되도록 내버려두었기 때문이며, 지난 이십 년의 악몽 속에서 그들을 밖으로 빼낼 수 있는 것은 아무것도 없었다는 것을 생각해야 한다. 우리도 마찬가지다. 그러나 신음을 하는 것은 우리가 아니다. 우리가 빼앗긴 것이 아니니까. 우리가 그들을 도와야 한다. 아멘.

재앙! 도중에 한 사람을 까맣게 잊고 있었다는 사실을 깨닫고 나는 경악했다. 피에르 샤롱 가에서 엘레오노르의 목덜미에 반한 가여운 사내는 엘레오노르의 삶에서 이상하고 집착하는 역할을 해야 했다. 그런데 그는 잊혔고, 이제 그에게 관심을 가져봤자 헛수고다. 그가 임무를 완수하지 못하리라는 게 뻔히 보인다. 할 수 없지. 나의 음모가 무엇이었든 그는 밝은 레스토랑에서 엘레오노르의 옆모습을 응시하는 남자일 것이다. 그의 역할은 거기에서 멈춘다. 작가라면 누구나 글을 쓰는 도중에 단역을 잊어버릴 수 있다. 하지만 그 남자를 영원히 내 원고에서 지워버리기 전에 예의상 이름이라도 지어주고 싶다. 그의 이름은 장 피에르 불도다. 이십 년 동안 은행에서 형편없는 월급을 받고 일했으며, 흔히 말하듯 정직한 시민이다. 힘들지만 세금도 제때 낸다. 아내는 무기력하고 아이들도 못난 편이다. 그는 매일 오베르 역에서 지하철을 탄다. 엔지니어가 될 뻔했기 때문에 지하철 환승이 기술적인 측면에서 흥미로울 것이라 생각한 때가 있었다. 지하철에서는 인간관계가 간단해지고, 매일 아침 계단을 내려갔다가 매일 저녁 계단을 다시 올라가는 게 일종의 잔치가 될 것이라 희망했다. 그러나 안타깝게도 그것은 좀 복잡하고 추상적이었다. 그의 열의를 소리 높여 외쳤지만 다른 승객들의 호응을 얻지 못한 것이다. 그래도 이제는 요령 있게 산다. 입에 지하철 표를 물고, 저녁이면 정확한 시간에 퇴근해서 때에 따라 아이들을 달래거나 따귀를 갈긴다. 엘레오노르를 만난 날, 그는 수많은 차단기에 걸리고 환승역도 계속 틀렸다. 가장 끔찍한 서부 영화에 등장하는 최악의 팜파스가 된 미로 같은 지하철에서 그는 땀도 엄청 흘렸고 숨도 무척 찼다. 그는 샹젤리제 역에서 패자가 되어 내렸다. 상관인 콜레 루아야르 씨에게 독감 말고 다른 변명을(어쨌든 오후 내내 사무실에 오지 말라는 명령이 떨어졌다) 대지 못한 그는 피에르 샤롱 가의 한 스낵바에서 점심을 먹기로 했다. 그리고 그곳에서 엘레오노르를 본 것이다. 그녀는 오래전부터 알고 있었지만 영원히 알 수 없을 사람 같았다. 매일 다니던 길이었던 지하철역들과 그의 운명이었던 그 가혹한 경로 사이에서 꿈을 꾸던 그는 오랜 뒤에, 내가 말하는 바로 이 순간, 엘레오노르를 완전히 잊어버렸다. 장 피에르 불도 퇴장.

18

 한편 브뤼노는 매우 행복했다. 반 밀렘 진영에 진출했기 때문이다. 세바스티앵의 놀림과 지지를 동시에 받았고, 그도 세바스티앵을 꽤 즐겁게 해주었다. 엘레오노르도 그를 받아들였다. 그에게 틀림없이 몸만 허락하고 있는 것이겠지만. 그래도 브뤼노는 엘레오노르 옆에서 깨어나는 게 좋았다. 질문을 하듯 다정하게 엘레오노르의 머리를 톡톡 건드려 깨우면 깜짝 놀란 엘레오노르가 하품을 하며 반대편으로 돌아눕는 모습이 황홀했다. 매끈한 배와 매끈한 배, 탄탄한 등과 탄탄한 등이 두 사람의 손 아래에서 만났다. 엘레오노르의 숨이 가빠지는 것—행동으로만 유발할 수 있는 것—도 황홀했다. 그가 하는 말이나 생각 중 그 무엇도 엘레오노르가 화나게 하거나 감동하게 하거나 수줍게 하지 않는 것 같았다. 다혈질인 그가 그녀에게 찰싹 달라붙어 의식하지도 못한 채 그녀가 쫓아낼 때까지 가만히 기다렸다. 로베르 베시가 뉴욕에서 돌아온 것은 그때였다. 그는 뉴욕에서 힘든 삼 주를 보냈다. 일은 고되었고, 상황이 그렇다 보니 진정제를 닥치는 대로 털어 넣었다. 그는 떠났을 때와 똑같이 어째야 할지 모르는 상태에서 파리로 돌아왔다. 작고, 뚱뚱하고, 자신감 없는 남자로 말이다. 그나마 위안이 되었던 것은 반 밀렘 남매였다. 아름다운 반 밀렘 남매는 단 한순간도 돈 냄새를 풍기지 않았다. 조금 과하게 잘생기고, 조금 과하게 정신 나간 녀석인 브뤼노도 있었다. 그동안 잘 참고 양보한 덕분에 그는 브뤼노를 꽤 큰 스타로 만들었다. 브뤼노에 대한 그의 감정은 아무것도 바라지 않는다는 점에서 아주 우아한 것이었다. 그러는 바람에 로베르 베시는 마흔 살에 어린아이처럼 약하고 절망적인 존재가 되었다. 공항에 그를 마중 나온 사람은 아무도 없었다. 대신 아파트에 메시지가 남겨져 있었다. 엘레오노르와 세바스티앵이 위층에 살던 플뢰뤼스 가의 아파트 말이다. 그는 이 아파트를 떠나지 않았다. 브뤼노와 처음 만났던 곳이기 때문이다. 이제는 텅 비어서 생명도, 꽃도 없는 이 아파트의 영국식 분위기는 반 밀렘 남매가 지금 살고 있는 사막 같은 곳보다 훨씬 더 비통했다. 이곳에는 함께 나눌 사람이 둘이나 열은 되어야 견딜 수 있을 일종의 안락함과 사치, 행복이 있었다. 혼자인 로베르에게 그것은 잔인했다. 꺼진 난롯불 가까이에 있는 두 개의 리젠시 안락의자가 다 무슨 소용인가? 지붕이 내다보이는 멋진 창밖 풍경이 다 무슨 소용인가? 가전제품을 완벽하게 갖춘 미니 부엌이 다 무슨 소용인가? 외투를 걸어놓은 옷걸이가 다 무슨 소용인가? 'TWA', '뉴욕', '파리' 등 꿈같은 스티커가 붙어 있는 여행 가방이 다 무슨 소용인가? 그리고 무엇보다 거울 속 그의 얼굴이 다 무슨 소용인가? 수염이 덥수룩한 얼굴, 늘 싫었던 턱수염이 난 얼굴은? 그는 이 모든 것을 여행하는 사람들이 늘 하는 변명인 시차 탓으로 돌렸다. 형편없는 우주 비행사인 그들은 혈액순환이 잘 안 되는 것을 20세기의 대표적인 진부함인 거리, 시간, 피로와 혼동한다. 결국 로베르는 반은 흥분제이고 반은 진정제인 약 몇 알을 삼켰다. 그리고 몽유병 환자 같은 몸짓으로 목욕을 하고 면도를 하고 옷을 갈아입었다. 오후 3시에 도착해서 현지 시간으로 5시가 되었지만 그의 감각시간으로는 자정인 것 같았다. 그는 사무실에 전화를 거는 대신 침대에 앉았다. 어쨌든 짐을 정리할 수는 없는 상태여서 그는 마냥 기다렸다. 슬픔과 고독의 절정으로 느껴진 한 시간이 지나고 그는 전화를 받았다. 세바스티앵, 엘레오노르, 브뤼노가 어느 술집에서 걸어온 전화였다. 방해될까 봐, 쉬라고 더 일찍 걷지 않았단다. 범죄자들의 선의란……. 로베르는 명랑한 척, 기쁜 척했다. 브뤼노가(목소리가 달라져 있었다) "원하면 '우리'가 데리러 갈게. 원하면 '우리' 다른 데서 만나. 원하면 '우리'가 집으로 갈게"라고 말하자 로베르는 즉시 깨달았다. '다른 사람'은 낄 수 없는, '우리'라는 소리에 쿵쿵대는 작은 심장박동이 고통스럽고 큰 북소리가 되어 그의 마음을 어지럽히리라는 것을. 다른 사람은 다른 사람이다. 따라서 지옥이다. 그리고 그는 지독히도 혼자다. 그는 말끔히 옷을 차려입고, 말끔히 면도를 하고, 한 시간 반 뒤인 소집 시간, 다시 말하면 유죄판결의 시간을 기다렸다. 게다가 그건 정말이지 누구의 잘못도 아니라고 그는 피식 웃으며 생각했다. 브뤼노가 여자를 더 좋아한다는 사실을 빤히 알았기에 브뤼노의 잘못도 아니었고, 세바스티앵은 이런 종류의 이야기—그러니까 그의 이야기—를 진지하게 생각할 줄 모르는 인간이니 세바스티앵의 잘못도 아니었다. 엘레오노르는 언제나 그녀가 원하는 사람을 낚아챘으니 엘레오노르의 잘못도 아니었다. 그가 엘레오노르에게 말을 꺼낸다면 엘레오노르는 얘기를 듣는 즉시 그에게 돌려주려고 브뤼노를 내칠 것이다. 하지만 사람을 어떻게 돌려주고 할 수 있나. 사람은 '취하고 가지고 있어야'

한다. 착하고 정직한 로베르 베시는 그런 걸 할 줄 모르는 사람이다. 태평스러운 맹수 세 명을 만나러 가면서 로베르 베시는 사자 굴로 걸어 들어가는 다니엘 신세가 된 것 같았다. 다만 다니엘은 잘생기고 몸도 가냘프고 젊었으며 사자들이 그의 앞에 엎드렸다는 점이 달랐다. 로베르의 사자들은 한 번도 다듬은 적 없는 날카로운 발톱이 달린 우아한 앞발로 그를 친근하고 즐겁게 툭툭 건드렸다. 그들은 무의식적으로 로베르를 갈기갈기 찢어 활기 있는 물건이라고는 그의 여행 가방밖에 없는 아파트로 돌려보냈다. 로베르는 조끼―그의 듬직한 조끼―주머니에 들어 있던 알약 두 알을 무심결에 입안에 털어 넣고 기다렸다. 그의 발과 5번가의 삭스Saks 매장에서 30달러를 주고 구입한 멋진 구두의 까만 코끝을 바라보았다. 그렇지 않아도 브뤼노를 위해 이 멋진 가죽 구두를 똑같은 것으로 한 켤레 더 구입해온 참이었다. 로베르는 해가 지고 희생의 시간이 다가오기를 기다렸다.

도시는 텅 비어 있지만 나는 사람들이 언젠가 집으로 돌아가기는 할까 생각한다. 사람들이 모두 길 위에 있다는 것을 나는 알고 있다. 그들은 가지각색 차를 타고 서로 닮은 곳이 많은 쾌락이나 죽음을 향해간다. 몸을 피해 있는 나는 자유를 느낀다. 내 집 정면에 살고 있는 새가 된 기분이다. 그 새는 가지를 짧게 친 나무 위에 둥지를 짓고 산다. 나무는 가지를 다 쳐냈는데도 지독히도 생명력이 넘치는 듯하다. 어쩌면 다른 나무들—잎, 눈, 약속으로 뒤덮인—보다 더 활기 넘치는 것인지도 모른다. 헐벗은 나무는 사지가 절단된 것처럼 보이지만 실상은 그렇지 않다. 어쨌든 그 때문인지 아니면 뻐꾸기만 알고 있는 편안함 때문인지, 그 나무에는 새가 천지다. 절단기—이 이름이 맞을 것이다—를 가지고 봄에 사람들은 내 이웃인 그 나무를 잘라버렸다. 솔직히 마음이 쓰여서라기보다는 귀가 따가워서 싫었다. 파리에서는 가지치기가 늘 새벽에 이루어진다. 용감한 일꾼들은 높은 곳에 올라가 불쌍한 마로니에를 절단하기 시작한다. 나는 잠을 방해받아서 화가 났다기보다는 높은 곳에 올라가 있는 일꾼들 걱정에 벌벌 떤다.

 새들은 나무를 안심시키기라도 하려는 듯 가지가 겹쳐진 곳이나 잘려 나간 곳을 쉼터로 삼았다. 새들은 살아 있는 다른 나무보다 이 나무를 더 많이 찾아왔다. 그러고 보니 나는 나중에 어디에서 쉴 수 있을까 하는 생각이 든다. 죽는 방법은 매우 다양하지만 우아하게 죽는 방법은 거의 없다. 물론 블롱댕이 니미에에 대해 말했던 '구부러진 쇠 반지로 축하하는 결혼기념식'이 있을 수 있고, 시골 난롯가에 앉아 조용히 보내는 옛날식 노년이 있을 수 있다. 손자들은 귀찮게 자꾸 무릎 위로 올라온다. 절대 입에 올려서는 안 될 경향인 자살도 있을 수 있고, 코믹한 해결책도 있다. 결국 심사위원이 되어달라는 요청이나 문학계에서 책임감 갖기를 내가 늘 거부했던 것은 어떤 원칙 때문이 아니라 게으름 때문이다. 게으름은 나의 원칙이 되어버렸다. 그러나 오늘 발코니에 기대어 사나운 개 한 마리, 화가 잔뜩 난 아버지와 눈물범벅인 아이가 지나가는 걸 보고 있노라니 많은 훈장을 받은 내 미래 모습이 아주 선명하게 그려진다. 나는 드루앙(1880년에 샤를 드루앙Charles Drouant이 연 파리의 유명 레스토랑—옮긴이)이나 막심(1893년에 막심 가이야르Maxime Gaillard가 연 파리의 유명 레스토랑—옮긴이)에서 벌어진 연회에서 상냥하지만 약간 송구스러워하며(나이가 들어도 이런 건 변하지 않는다) 앉아 있을 것이다. 나는 편집광적인 여자가 아니다. 내 나이는 일흔넷. 네 번째 남편이 허무하게 죽어버려서 나는 검은 상복을 입고 있다. 가슴에 단 훈장이 더 두드러져 보인다. 나는 레몬을 곁들인 작은 가자미 한 마리만 먹는다. 의사가 뭐든지 과식은 피하라고 했기 때문이다. 에드가 슈나이더인가 누구인가의 조카가 인터뷰를 청해왔는데 좀 힘들었다. 샤블리 화이트 와인 한 잔에 머리가 약간 빙빙 돌았기 때문이다. 그래도 나는 최근에 상을 받은 작품이 훌륭하다고 설명했고 나와 내 친구인 뒤라스와 말레 조리스(Françoise Mallet-Joris, 1930~ : 벨기에 여류 작가. 공쿠르 아카데미 회원을 역임했다—옮긴이)는 신예에게 상을 주게 되어 매우 기쁘다고 말했다. 그러고 나서는 비명을 지르기 시작했다. 라즈베리 타르트를 못 먹었기 때문이다. 나이가 드니 식탐만 늘었다. 운전사인 브누아 4세는 덤덤한 표정으로 포메라니아(발트 해 남쪽 연안 지역—옮긴이) 황새 깃털 망토(2010년의 최신 유행 상품이다)를 내 어깨에 걸쳐주었다. 모아를 입은 수상자는 내 손에 정신없이 입을 맞춘다. 브누아 4세가 에어로카의 문을 열어준다. 우리는 다른 에어로카와 마주치지 않고 귀느메르 가의 테라스에 사뿐히 내려앉는다. 얼마 전부터 앵발리드에서 샹젤리제로 가는 시간이 샹젤리제에서 에밀 졸라 가로 가는 시간과 거의 비슷해졌다. 지킬 박사(하이드 파크)의 효능 만점 주사 덕분에 르카뉘에가 아직도 프랑스를 통치한다. 코트다쥐르는 오염 때문에 해변에서 5킬로미터 이내로는 해수욕객의 접근이 금지되었다. 아! 이런 일까지 일어나다니 죽을 때가 다 되었구나. 나는 다시 미개인으로 돌아간 여자들이 콩코드 광장에서 상사가 보관한 자료를 불태우는 모습을 보았다. 자식들이 부모를 함부로 대하는 것도 보았다. 그들은 부모의 성적인 일탈을 일절 용납하지 않았다. "앗! 트라우마 생기니까 조심해!" 자식에게 굴복당한 부모는 마침내 행복하고 평안하고 책임감을 벗어던질 수 있게 되었다. 부모는 사슬 풀린 작은 난쟁이들의 뒤를 쫓는다. 난쟁이들의 주된 관심은 부모에게 식량을 일절 끊어버리는 것이다(그레구아르라는 사람 말로는 그것이 프로이트적 관심이라고 한다). 나는 '땅과 하늘의 모래시계가 뒤바뀌는 것'(엘뤼아르 참조)을 보았다. 파리에서 푸른 나무가 아무 걱정 없이 자라는 것을 보았다. 미친 듯이 사랑에 빠져 그 사랑이 일방적일지라도 받아들이는 사람도 보았다. 영영 그 사실을 모를 친구에게 웃옷을 기꺼이 벗어주는 사람도 보았다. 암소들이 만들어주는 그늘에 누워 시를 읽는 목장 주인도 보았다. 그들은 지나가는 나를 향해 "땅은 오렌지처럼 파랗답니다!" 하고 소리쳤다. 나는 절망에 취한 물고기(주로 모래무지. 이유는 모르겠다)가 흰자위를 드러낸 채 낚싯바늘로 몸을 던지는 모습도 보았다. 나는 우리의 기쁨에 싫증이 난 부엉이가 몸을 숨기고 밤새 눈 뜨기를 거부하는 것도 보았다.

19

"캐비아 어때?" 로베르가 물었다.

그는 '캐비아'나 '샴페인'이 곧 파티를 의미하는, 못 먹고 자란 세대에 속했다. 하지만 엘레오노르는 캐비아를 좋아하지 않았다. 세바스티앵도 잘 먹지 못했다. 브뤼노는 먹고 싶을 때 얼마든지 먹을 수 있게 된 순간부터 캐비아에 대한 관심이 사라졌다. 로베르를 가운데 두고 앉아 있는 세 사람은 다정했지만 마치 꿈처럼 멀리 느껴졌다. 로베르는 친구가 하나도 없는 아이가 쉬는 시간에 그러듯이 세 사람을 자기 옆에 두려고 애썼다. 물론 브뤼노를 제일 먼저 공략했다. 멋지고 빛이 나는 브뤼노의 금발 머리와 파란 눈은 그 어느 때보다 더 노랗고 파래 보였다. 프루스트의 소설 속에 나오는 인물 같았다. 프루스트의 전기만 읽었을 뿐이지만. 엘레오노르에 대한 사랑이 묘한 조화를 부려 브뤼노가 원래 가지고 있던 색을 더 강하고 더 빛나게 만드는 것 같았다. 의심의 여지는 없었다. 브뤼노는 엘레오노르를 열렬히 사랑했다. 그의 모든 몸짓이 그녀에 대한, 그녀를 향한, 그녀를 위한 것이었다. 엘레오노르가 그를 대하는 태도는 우아하면서도 절제되어 있어서 로베르는 그것이 더 걱정이었다. 그 태도는 엘레오노르가 브뤼노를 아직 사랑하지 않는다는 뜻이었다. 브뤼노에 대한 엘레오노르의 감정이 더 늦어지고 있다는 뜻이고, 그것은 결국 엘레오노르가 앞서 있다는 뜻이었다. 로베르는 항상 먼저 사랑에 빠지는 쪽이어서 이 작은 시간의 간격이 좀처럼 좁혀지는 법이 없다는 사실을 잘 알고 있었다. 세바스티앵은 로베르가 무슨 문제를 겪고 있는지 알아내기 위해 최선을 다했지만 천성적으로 뭐든 웃어넘기는 성향이 있었다. 가끔 로베르의 얼굴에 드리우는 두려움을 설명할 길은 어차피 수없이 많았다. 여행, 피로, 짜증, 어쩌면 엘레오노르와 브뤼노 사이 때문인지도 몰랐다. 세바스티앵은 두 사람의 관계가 생각보다는 심각했지만 별일 아니라는 걸 알고 있었다. 솔직히 로베르도 브뤼노가 여자를 좋아한다는 사실을 알고 있었을 것이다. 엘레오노르가 브뤼노의 첫 번째 여자도 아니고, 마지막 여자도 아니라는 것을, 엘레오노르가 사랑을 아무렇지도 않게 여기는 것이 미래를 위한 안전장치라는 것을, 잘 알고 있을 것이다. 엘레오노르는(로베르에 대한 배려로) 젊은 애인의 에너지를 잘 정리하려고, 더 나아가 아예 덮어버리려고 애썼다. 그러다 보니 그녀의 거만함은 평소보다 더 심해졌고, 자연히 브뤼노는 평소보다 더 화가 나고 더 초초했다. 엘레오노르의 반쯤 무관심한 태도를 어떻게 설명해야 할지 알 수 없었고, 괴로웠다. 게다가 그는 그와 로베르의 관계를 엘레오노르가 알 것이라고는 상상도 하지 못했다. 나이가 어리면 제아무리 냉소적이어도 그런 상상을 거부하는 순진한 구석이 있는 모양이다. 브뤼노는 또한 왜 이렇게 괴로운 건지 이해할 수 없자 그것이 로베르 탓이라고 생각해버렸다. 로베르는 2주 동안 사라졌다가 나타나 멋진 트리오 사이에 낀 이물질이었다. 그들의 생각은 모두 옳다. 그리고 그들은 예의 바르게 행동했다. 다만 이 레스토랑의 분홍색 식탁보 위에서 십자가에 못 박힌 동물은 로베르였다. 캐비아를 거부한 다음에는 올리브를 넣은 새끼 오리 요리가 나왔고, 그다음에는 치즈가 나왔지만 역시 모두가 거절했다. 마지막으로 나온 셔벗은 만장일치로 환영이었다. 요리가 나올 때마다, 그리고 요리 사이사이의 시간이 로베르 베시에게는 엄청난 고문이었다. 그러다가 그는 작은 진정제 알약(조끼에 슬며시 집어넣어 두었던 것)을 움켜쥐고 껄

껄 웃으며 그것을 입에 털어 넣었다. 미국 음식은 아무리 건강식이라도 먹고 나면 속이 쓰리다고 말했다. 그들은 어느 클럽에서 마지막으로 한잔 더 걸칠지 결정했다. '마지막'이라고 하자 로베르는 못 들을 말이라도 들은 듯 소스라쳤다. 하지만 완벽주의 사업가답게 회사 비용으로 처리하면 되겠다며 계산서를 집어 드는 자신의 모습에 놀라 피식 웃었다. 이 얼마나 알 수 없는 장난인가. 그에게 삶은 늘 그 이상도 그 이하도 아니었다. 그의 착한 심성, 그의 추진력, 그가 감탄하는 대상, 그리고 조금 더 뒤에는 그의 취향이 된 것들이 그가 살아야 할 시간을 매 순간이 상처가 될 수밖에 없는 허접한 짬뽕으로 변하게 했다. 그는 눈을 크게 뜨고 택시에 앉아 있었다. 처음으로 완벽하게 냉철했다. 어두운 차 안에서 엘레오노르의 손을 꼭 쥐고 있는 브뤼노의 손도 쳐다보지 않았고, 보이지도 않았다. 그들이 '놀러' 가는 곳은 단테의 지옥 혹은 히에로니무스 보스(Hieronymus Bosch, 1450?~1516: 네덜란드의 화가. 공상적인 반인반수의 짐승들을 묘사한 그림들로 유명하다. 초현실주의 화가들에게 영감을 주었다—옮긴이)의 지옥이었다. 로베르는 "안녕, 안녕" 하며 악수를 했다. 오랜 친구가 윙크를 하며 브뤼노 쪽을 가리키자 로베르는 잘 알지, 하는 모습으로 삼 년 전처럼 신 나게 웃었다.

음악, 담배 연기, 술은 유쾌한 도취가 아니라 가혹한 구속이 되었고, 더는 그의 추락을 멈춰줄 수 없을 것이었다. 길었던 한 시간이 지났다. 세바스티앵은 꾸벅꾸벅 졸기 시작했고, 엘레오노르는 가능한 한 춤을 적게 추었다. 하지만 그 적음도 이미 많은 것이었다. 브뤼노가 엘레오노르와 단둘이 있게 되면 엘레오노르에게 질문을 퍼부어 괴롭혔기 때문이다. 로베르는 기다렸다. 머지않은 축복의 시간을 기다렸다. 클럽에서 나왔을 때 귀가 멍멍하고 조금 피곤했던 반 밀렘 남매는 둘이서만 걸어서 집으로 가겠다고 말했다. 로베르에게 애정 어린 작별 인사를 남기고 두 사람은 밤 속으로 멀어져 갔다. 브뤼노는 다른 곳을 바라보며 이틀 전에 친구들과 약속한 게 있었다고, 나중에 전화하겠다고 말하고 서둘러 가버렸다. 혼자 남은 로베르는 택시를 불렀다. 택시를 타고 멀어져 가면서 그는 8월의 어느 저녁, 관리인 덕분에 그가 엘레오노르에게 마련해줄 수 있었던 집으로 미친놈처럼 달려가는 브뤼노를 보았다. 그러려고 건물을 빙 돌아간 모양이었다. 그렇다고 로베르가 더 상처받지는 않았다. 초라한 그 아파트를 잃어버린 천국이라 부르게 될 줄, 처음에는 미처 몰랐다. 피로 때문이었는지, 살인적인 시차 때문이었는지, 아니면 그때까지 듣기를 거부했던 중요한 이유 때문이었는지, 로베르 베시는 그날 밤 스스로 목숨을 끊었다. 그는 남아 있던 알약을, 그것도 어렵게 삼켰다. 우연히도 양은 딱 죽을 만큼이었다. 가끔 추리소설에 나오는 표현처럼 그는 자기 자신과 부딪혔다. 삶에 부딪히고 그 삶을 넘어가지 못했다는 의미에서 꽤 시적인 표현이라 하겠다. 승마장에서 멋지고 혈기 왕성한 말이 울타리에 부딪힐 때가 있다. 그때 아예 일어나지 못하거나 일어났더라도 힘겨워하면 수의사가 끝을 내준다. 로베르 베시는 멋지지도 않았고 혈기 왕성하지도 않았으며 수의사도 없었던 셈이다.

20

 나는 이렇게 내 주인공들을 지옥보다 더 지옥 같은, 가장 견딜 수 없는, 가장 추악한 상황에 밀어 넣었다. 그들은 꿈에도 바라지 않았던, 그리고 무엇보다 전혀 예감할 수 없었던 죽음에 대한 책임을 느꼈다. 내가 이 책에서 상상력을 예찬한 것도 물론 그런 이유에서였다. 행복과 불행, 무사태평, 삶의 기쁨은 백 퍼센트 건전한 요소다. 우리는 그것을 가질 권리를 백 퍼센트 가지고 있지만 한 번도 만족할 만큼 가지지 못하며 거기에 눈이 먼다. 절망과 버려졌다는 느낌에 빠진 친구의 죽음을 새벽에 알게 된 스웨덴 남매와 프랑스 청년이 처한 상황은 백 퍼센트 복잡했다. 세바스티앵은 슬픔에 잠겼다. 자기 자신이 실제보다 더 인정머리 없는 인간으로 느껴졌다. 짐승보다 못하다는 생각까지 들었다. 이런 상황이 되면 사람들은 자기에게 모자란 점을 인정하기보다는 잘못된 점을 만들어내길 더 좋아한다. 엘레오노르는 시기가 좋지 못했다고 느꼈다. 가장 관련이 많은 인물인 브뤼노는 그 나이에 걸맞은 무례함과 솔직함을 보여주었다. 그는 한 가지 생각밖에 없었다. 로베르의 죽음이 그와 반 밀렘 남매의 관계에 어떤 영향을 미칠까 하는 것 말이다. 거기에 대해서는 앞으로 말하겠지만, 자살하면서 꼭 티를 내는 사람이 이것만은 반드시 알아두었으면 좋겠다. 자살하고 나면 그 뒤에 남는 것은 진심 어린 슬픔도 아니고 후회도 아니다. 자살하는 사람의 목적은 항상 그런 것이었지만 말이다. 그가 남기는 것은 과시다. 최소한 절망을 드러내 보이려는 시도만 남는다. 자살한 사람의 친구들은 실제로 느끼는 슬픔이 얼마나 크든, 그들이 얼마나 이해를 못 했었는지, 얼마나 이해를 못 할 수밖에 없었는지 다른 사람들에게 설명하는 데 더 관심이 많다. "그 애가 어떤 상태였는지 넌 모를 거야." 말하자면 친구의 죽음에 눈물을 흘리기보다는 변명을 만들어내는 데 더 관심이 많은 것이다. 나는 자살한 사람을 많이 봤다. 잘생긴 사람, 착한 사람, 나쁜 사람, 실패한 사람, 재기한 사람……. 자살에 관해서라면 나는 더 이상 아무것도 믿지 않는다. 자살 시도를 한 번 했던 사람은 다시 목숨을 끊으려 하지 않는다는 말도 사실이 아니다. 정신과 의사들은 자살 성향을 갖고 태어나는 사람이 있다고 하지만 나는 그 말도 사실이 아니라고 생각한다. 그러나 주변의 관심을 나에게로 끌어오는 데 자살보다 더 효과적인 방법은 없다고 믿는다. 나에게 관심을 갖게 만드는 것이야말로 99퍼센트의 인간(나도 그렇다)이 갖는 목적이다. 아예 통계를 내볼 수도 있을 것이다. 여론조사 기관에서 하듯이 극단적이고 광적인 자살자들 중 수면제를 선택한 사람은 얼마이고, 유혹을 선택한 사람, 자만을 선택한 사람은 얼마인지 정확히 알 수 있을 것이다. 남아 있는 사람들에게 끔찍한 악몽은 바로 '만약'이다. 조건법으로 변화시킨 동사에 나는 늘 엄청난 짜증이 난다. '만약 내가 알았더라면', '만약 내가 이해했더라면'…… '만약'은 내게 항상 생명이 없는 것으로 보였다. 직접 경험해보지 못하고 상상만 한 것이므로 필연적으로 받아들일 수 없는 것이 되기 때문이다. '파리를 병 속에 담을 수 있다면'은 어리석음, 하찮음, 경멸의 극치였다. 우리가 왜 살아가는지 그 이유를 안다면, 왜 사랑하는 사람이 죽어야 하고, 혹은 내가 사랑하는 사람이 왜 나를 사랑하지 않는지 안다면 세상에 모를 일이 어디 있을까! 친구의 자살이 끔찍한 이유는 그 '만약'이라는 것이 구체적인 공간과 시간에 정확하게 꽂히기 때문이다. "바보 같아. 3시에 아르튀르와 헤어졌는데 그때만 해도 아주 좋아 보였다고. 내가 만약 알았더라면……", "바보 같아. 플로르 카페 앞에서 마주쳤었거든. 햇볕에 많이 탔더라고. 나한테 손짓을 했지. 만약……". 모든 사람이 저마다 가지고 있는 작은 기억의 조각은 자살한 친구의 살과 뼈를 발라 먹기로 결심한 꼬치고기 떼가 된다. 그 모든 기억이 정확한 시간과 공간에 위치해 있으니 결국 견딜 수 없는 것이 되고 만다. 아르튀르가 교통사고로(요즘 죽는 데 쓰이는 가장 흔한 방법인 모양이므로) 죽었다는 기사를 읽는다면 아르튀르와 나의 관계에 따라 나는 벽에 이마를 찧고, 엄마에게 전화를 걸고, 울음을 터뜨리거나 그냥 "불쌍한 아르튀르, 운전을 잘못했군" 하고 말 것이다. 그러나 그 아르튀르가 도저히 더는 삶을 살아갈 수 없다고 결정했을 때에는 어떤 의미로는 내가 사는 삶도 끝내겠다고 하는 것이다. 그는 나의 친구이니 말이다. 그의 친구, 나의 친구, 그리고 나를 포함해서 아무도 그를 막지 못했다면, 아르튀르가 죽어서 어딘가에서 싸늘한 주검이 되어 있다면, 우리가 알고 있던 여러 아르튀르 중 한 아르튀르는 옳았던 게 아닌가 생각하게 된다. 자살함으로써 부숴버리는 것은 사람들의 마음뿐만이 아니다. 그들이 가지고 있는 나를 향한 애정, 나에 대해 느끼는 책임감뿐 아니라 그들이 살아가야 하는 이유도 산산조각 난다. 생각해

보면 살아야 할 이유는 아무것도 아니다. 그것은 숨 하나, 손목에 느껴지는 심장박동, 정원 앞에서 황홀감에 빠진 눈빛, 한 사람, 하나의 계획일 뿐이다. 자살은 모든 걸 바닥에 내동댕이친다. 자살한 사람은 용기도 많고 죄도 많은 사람이다. 그들에 대한 애정이 깊어서 나는 그들을 판단할 수 없다. 게다가 내가 누구라고 다른 사람을 판단할 수 있을까? 다만 혼자서 사고를 위장하는 예의는 우리 면전에 자기 시체를 던지며 "봤지? 넌 아무것도 막지 못했어!" 하는 인간들보다 더 인간적이고 배려―표현이 좀 약하지만 그래서 오히려 더 마음에 든다―가 있어 보인다. 신경쇠약에 걸린 내 친구들이 나를 그만 좀 내버려뒀으면. 시트로엥 2CV나 페라리에서 슈만 혹은 바그너나 들었으면. 적어도 그런 시늉이라도 했으면. 점잖음! 조금이라도 점잖음을 보여줬으면! 삶이 점잖지 않다고 해서 그런 삶처럼 행동하면 쓰겠는가. 그 친구들이 우리에게 알약을, 총을, 비열해지는 가스를 피하게 해주었으면. 이 모든 걸 면하게 해주고 그들이 삶을 매력이며, 아름다움이며, 18세기의 의미로 광기라고 믿고 있음을 우리에게 믿게 하는 은총을 주었으면. 그런 삶을 빼앗겼다면 그것은 정말 불운이었기를. 그들이 땅 밑에 묻혀 잡초에게 장악당한 채 아직도 살아 있는 우리를 부러워하기를. 이것이야말로 우리가 사랑하는 사람에게, 우리가 버리고 가는 사람에게 해줄 수 있는 가장 작은 선물인 것 같다. 어쨌든 나는 이 문제에 대해서 엄격하게 말할 수 있는 사람은 아니다. 나도 다른 사람들과 마찬가지로 서커스단의 개처럼 자살이라는 유혹의 불이 활활 타오르는 둥근 황금빛 테 사이를 뛰어넘어 봤기 때문이다. 다른 사람들처럼 나도 어느 시기에는 둥근 테와 도약대를 기꺼이 많이 만들었기 때문이다. 그리고 그 이후에는 무슨 일인가 벌어졌다. 그런 방법이 조금 혐오스러워진 것인지 나 자신과 나의 삶에 대한 의욕이 되돌아온 것인지 모르겠다. 혹은 그냥 그러지 말아야 할 때 혹은 그래야 할 때 두려움을 느낀 것일지도. 인간이 자발적 죽음과 갖는 문제는 가장 기본적이면서도 가장 혐오스러운 문제다. 내가 이 가여운 남자의 죽음을 건조하게 말하는 것은 자기 자신에 대한 그런 외침이 싫기 때문이다. 그 외침은 '브뤼노'나 '엄마', 혹은 '신이시여', '아프다', '목이 마르다'였을 것이다. 죽음은 결코 승리가 될 수 없게 만드는 외침이었을 것이다.

비가 억수같이 쏟아졌다. 16구의 음산한 성당에서, 개신교도라 잘 알지도 못하는 가톨릭 예배를 따라가려 애쓰는 금발의 반 밀렘 남매는 똑바로 앉아 있었지만 피곤했다. 언제 고개를 들고 내려야 하는지 도통 알 수가 없었고, 사실 아예 안중에도 없었다. 조금 멀찍이, 그 이후로 한 번도 만난 적 없는 브뤼노가 앉아 있었다. 파리에서 다양한 자격으로 결혼식과 세례식, 장례식마다 항상 등장하는 멋쟁이 무리도 참석했다. 이혼식이 있다면 아마 거기에도 참석할 사람들이다. 예배당 좌우로 기자들 몇 명이 조심스레 플래시를 터뜨렸다. 자살이 기독교식 장례를 치르지 못하게 할 이유가 되지 않는다는 걸 이해한 사제는 프랑스어로 미사를 드리고 있었다. 그는 청중과 반 밀렘 남매에게 코메디 프랑세즈의 여자 선생님도 사용하지 않을 극적인 언어로 설명하고 있었다. 그는 슬픔에 잠긴 모든 사람들에게 이 땅에서는 그들의 친구 로베르 베시를 다시는 보지 못할 것이라고, 그는 구름 속 어딘가로 사라질 것이라고 설명했다. 하지만 신에게 감사하게도 다른 어딘가에서 누군가가 그를 받아주고 그를 어루만져 주고 그의 영원한 행복을 책임져줄 것이라고 설명했다. 로베르 베시에게는 그를 어루만져줄 다정하고 에너지 넘치는 존재가 아무 생각 없는 멍청한 브뤼노라는 걸 아는 사람들은 사제의 설명을 듣고 웃음을 터뜨리거나 펑펑 울었다. 파리 사람들은 엄숙하면서도 동시에 우스꽝스럽게 장례식에 참석한다. 미리 약속을 정하고, 점심을 함께 먹는다. 어떤 면에서는 살아 있는 사람끼리 서로 의지하는 모습이 감동적이기도 하다. 그들은 음울하고 작은 목소리로 사제의 형편없는 설교를 평가한다. 그리고 놀라운 순간이 찾아온다. 아마 그때가 유일한 진실의 시간일 것이다. 그것은 나무로 만든 작은 굴레 속에 자기 자신을 로빈슨 크루소나 잔 다르크, 혹은 자기 세대의 누군가라고 믿었던 사람이 실려 나가는 것을 보는 순간이다. 그들은 그 작은 굴레가 그들을 기다리고 있음을 알고 있다. 담배를 많이 피웠든지, 자동차를 타고 가다 그랬든지, 삶의 수없는 공격 중 하나에 갑자기 약해진 탓인지, 이유야 어쨌건 그들도 언젠가 그 안에 들어갈 것이라는 사실을 잘 알고 있다. 가로로 누워 있는 그들 앞에 세로로 선 사람들은 미사가 진행되는 동안 소곤댈 것이다. 바로 그때가 사람들의 얼굴이 유일하게 일그러지는 순간이다. 관이 지나가면 사랑하는 사람을 잃어 그를 추억하거나, 아니면 자기 자신의 미래를 생각하며 두려워하거나 둘 중 하나다. 반 밀렘 남매는 아무것도 두렵지 않았다. 어쨌든 그들은 돌이킬 수 없는 무언가를 잃었다. 그 시체는 그들의 행운의 시체이자, 그들의 호의와 무사태평, 숭고한 영혼의 시체였다. 두 사람은 방심하는 바람에 친구가 자살하도록 내버려두었다. 그들은 일이 벌어졌을 때조차도 서로 말을 하지 않았다. 충격은 컸다. 두 사람을 잘 아는 사람들이 보기에 그들의 행동에는 가장 끔찍한 수많은 소회가 담겨 있었다. 죽은 파리 사람들에게 많이 그러하듯이 로베르 베시에게도 시골에 사는 아버지와 어머니가 있었다. 대단할 것 없는 그들은 시골의 다른 아버지, 어머니와 닮았다. 부부는 꼿꼿한 자세로 앉아 있었다. 극장주, 프로듀서, 영화인, 배우, 친구들 등 사람들 모두가 거의 이국적이라 할 부부에게 다가가 인사를 건넸다. 부부는 아들이 동성애자, 외톨이, 속물이었고, 그랬기 때문에 스스로 목숨을 끊었다는 사실을 이해하지 못했다. 심지어 로베르 베시의 어머니는 문상객 중 가장 다정하고 잘생긴 '얼굴'은 브뤼노 라페라고 생각했다. 인사가 끝나자 모든 사람이 성당 앞 광장으로 나갔다. 운구는—장의사와 도로는 무척 빠르다는 공통점이 있으므로—빨랐다. 나무 관이 차에 실리자 사람들은 퍼붓는 비를 맞으며 각자 차를 찾았다. 아무리 슬퍼도(특히 슬플 땐) 차란 역시 매우 편한 것이었다. 택시를 찾는 사람도 있었다. 그때 브뤼노가 반 밀렘 남매를 향해 계단을 올라왔다. 남매는 초연하고 정신이 먼 데 있는, 방심한 새 두 마리 같았다. 브뤼노는 한순간, 끔찍했던 장례미사와 교감하지 않는 그들을, 딴생각을 하고 있는 그들의 모습을 보고 그에게 기회가 있을지 모른다는 생각이 들었다. 그는 엘레오노르를 향해 얼굴을 들어 올렸다. 그것은 어떻게 보면 엘레오노르에게 도움을 청하는 것이었다. 내가 말하고 싶은 것은 어린아이 같다는 것이다. "난 아무 짓도 안 했어요. 당신을 사랑한다고, 당신을 사랑했다고 나를 원망하지는 말아줘요." 바로 그때 천천히, 거의 부드럽게 세바스티앵이 그를 손으로 밀어냈다. 마치 집행관 같았다. 그는 손가락으로 안 된다는 표시를 했다. 그것은 같은 편이라는 신호가 아니라 이제는 정말 그만두어야 할 때라고 말하는 신호였다. 엘레오노르는 브뤼노를 쳐다보지도 않았다. 그녀는 어디서 났는지 모를 낡은 토시를 하고 비에 젖은 챙 없는 낡은 모자를 썼다. 반 밀렘 남매가 평소보다 우아하지 않은 것은 그때가 처음이었다. 물론 얼굴은 예외였지만. 브뤼노는 두 사람을 다시 볼 수 없었다. 그것이 그의 잘못이 아니라는 걸 브뤼노는 잘 알고 있었다. 반 밀렘 남매도 그것이 브뤼노 탓이라거나 그들 탓이라고 생각하지 않는다는 것도 알고 있었다. 다만 반 밀렘 남매는 그들의 친구였던 사람, 친구

로서 그들을 돌봐주었던 사람 곁에 있어주지 못한 것을 스스로 용서하는 일을 결코 용납할 수 없었을 뿐이다. 어쨌든 '그녀'는 가해자의 품에 안겨 자신을 용서할 생각이 전혀 없었다. 가해자가 가해자가 된 것이 그녀 탓일지라도.

21

1972년 4월

  나는 바로 그날 저녁에 그들을 만났다. 그들은 일부러 술에 취했고, 나도 마찬가지였다. 그들은 꽤 상처받은 모습이었고, 나 역시 그러했다. 나는 그들의 사연은 몰랐지만 내 사연은 참 잘 알고 있었다. 나는 그들에게 노르망디에 바람이 많이 불고, 나무가 우거져 있으며 개와 고양이 들이 있는—개 한 마리와 고양이 한 마리를 말한다. 개와 고양이는 여러 마리를 키우면 안 된다. 그것은 내가 느끼는 동물적 질투심을 외면하는 것과 같기 때문이다—집이 있다고 말했다. 바람이 하도 불어서 덧문이 미친 듯이 덜컹거린다고, 날씨가 참 좋다고, 바다가 가깝다고, 완벽한 휴식처이고, 그런 휴식처가 될 수 있을 것이라고 말했다. 우리는 언제 한번 가자고 막연하게 정하기만 했다. 그래서 내가 출발하기 전날 전화가 걸려 왔을 때 깜짝 놀랐다. 그들은 마음이 변하지 않았다고 했다. 그사이 나는 그들의 사연을 들었다. 적어도 로베르 베시의 이야기는 알게 되었다. 나는 브뤼노 라페가 결국 통화도 하지 못하면서 쉴 새 없이 전화를 걸어온다는 건 알고 있었다. 그들에 대한 사람들의 생각이 어떤지도 알고 있었고, 그들이 '거만'하다고 말한다는 사실도 알고 있었다. 하지만 나는 그게 꽤 마음에 들었다. 우리는 메르세데스를 빌려 거기에 주인만큼이나 정신없는 짐을 싣고 노르망디를 향해 출발했다. 차 안에서 나누는 대화는 간단했다. 말도 제일 많고 기분도 제일 좋았던 사람은 운전기사였다. 그 이유는 모르겠고 그 이유를 알 만한 시간도 없었다. 우리 셋은 하나같이 기본적인 예의와 범절을 추구하는 것 같았다. 우리는 어디에나 반창고가 필요한 사람들 같았다. 그들은 집이 마음에 든 눈치였다. 노르망디의 집은 큰 집이었다. 아니나 다를까 바람도 많이 불었다. 집이 아주 잘 관리된 것은 아니어서 우리 셋 모두 소파에 발을 올려놓을 수 있었다. 첫날 저녁은 재미있었다. 우리는 자연스럽게 서로 닮은 점을 알아갔다. 몸짓 하나, 말투 하나 모두 맞바꿔도 될 지경이었다. 그래서 우리는 서로 아주 예의 바르게 말하고 서로를 거의 피하다시피 했다. 술은 도포제가 되었고, 음악은 흔히 말하듯 분위기를 깔아주었다. 땅딸막하고 다정한 개는 우리를 빤히 쳐다

보았다. 독재자 같을 수도 있지만 그저 피곤할 뿐인 세 명의 인간이 나타나 불편한 것 같기도 했다. 개는 거기서 가장 살아 있는 생명체였다. 내 상처가 그나마 더 적었기에, 나는 상대방에 대한 예의와 신중함으로 물든 저녁에 그들을 돕기로 결정했다. '내일 이 사람들에게 다 줘야지' 하고 생각했다. '풀도, 그 유명한 풀도 줘야지. 귀가 없어서 틀림없이 엘레오노르를 웃길 수 있는 염소도 줘야지. 평온함, 거절, 화, 분노를 줘야지. 심지어 나의 화, 나의 분노, 나의 거절도 줘야지. 37년 동안 내가 할 수 있었던 모든 것 혹은 내가 될 수 있었던 모든 것을 줘야지. 할 수만 있다면 자기 자신과 화해할 수 있는 방법을 주려고 노력해야지. 동시에 나도 그렇게 할 수 있도록 노력하고.' 하지만 내일은 내일이었고, 서로 떨어진 방에서 우리는 각자 긴 밤을 보냈다.

그다음 날부터는 비가 한없이 내렸다. 세바스티앵과 나는 무척 외로워서 이유가 좋든 나쁘든 함께 자곤 했다. 우리는 엘레오노르의 무릎에서 하루를 보내곤 했다. 지저분하고 방황해서 인간적인 우리 옆에서 엘레오노르는 여느 때처럼 추리소설에 빠져 지냈다. 그녀는 가끔 길고 아름다운 손으로 우리

머리를 쓰다듬으며 머릿결을 비교했다. 오빠인 그와 낯선 여자인 나, 그렇게 우리는 웃음을 위한 경쟁자가 되었고 더 애틋해졌다. 우리는 「라 보엠」, 「토스카」, 「라 트라비아타」 같은 오페라만 들었다. 간단한 애정 문제와 결합된 오페라 가수들의 최고의 목소리가 우리의 가슴을 파고들었다. 나무가 우거진 오솔길은 빗물이 시내를 이뤄 흘렀고, 개도 나뭇조각을 가지고 밖에서 놀기보다 우리와 집 안에서 놀고 싶어 했다. 장작불이 타오르자 마음속 이야기를 털어놓을 분위기가 무르익었지만 우리는 절대 고백하는 법이 없었다. 그것은 물론 삶일 수도 있었다. 이상하지만 전혀 구속하지 않아 현실적인 삶일 수도 있었다. 엘레오노르의 긴 손이 내 볼을 쓰다듬고 「나를 미미라 불러줘요」를 흥얼거리는 세바스티앵의 얼굴이 내 어깨에 기대어 있으면 그건 뭔가였다. 뭔가 은밀하고 애틋한 것. 뭔가 시작부터 망친 것. 인도 사람들처럼 순수한 마음을 비축해두어야겠다. 내 시골집은 그리 멀지 않았다. 내 착한 개와 사려 깊은 고양이만큼 집도 꼼꼼히 돌보기 때문이다. 그러다가 스톡홀름이 등장했다. 스톡홀름에서 온 전보 한 장. 그날 오후가 기억난다. 나는 평소처럼 엘레오노르와 세바스티앵의 무릎 사이 양탄자에 누워 그들과 함께 웃고 있었다. 이러니저러니 해도 우리는 다시 웃음의 덫에 빠졌다. 우체부 소리가 들렸다. 위고가 드디어 감옥에서 나왔다는 소식이었다. 엘레오노르에 대해서, 그녀의 사랑에 대해서 단 한순간도 의심하지 않는 유일한 남자 위고가 스톡홀름 공항에서 그녀를 기다리겠다는 내용이었다. 엘레오노르는 자리에서 일어났다. 나는 그녀의 뜻을 이해했다. 그녀를 속인 남자, 그 끝나지 않는 실수, 그 안전한 광기를 되찾고 싶어 한다는 사실을 금세 알아차릴 수 있었다. 엘레오노르처럼 지친 여자의 눈과 몸짓에서는 더는 견딜 수 없다는 신호가 보였기 때문이다. 그녀는 오빠가 그녀를 위해 화려하게 불 밝히고 싶어했던 1972년의 조잡한 파리를 더는 견딜 수 없었다. 거기까지가 한계임이 보였다. 그 전보에 엘레오노르는 숨통이 트였다. 남매는 그제야 숨을 쉬었다. 그들은 평온한 강이 흐르는 스웨덴으로, 어리석은 짓만 남발하는 위고에게로, 내가 알 수 없는 그들만의 세계로 돌아가야 했다. 그러나 마지막 밤은 힘겨웠다. 우리는 작은 거실에 모여 앉았다. 고양이는 엘레오노르의 무릎에 앉았고, 바닥에 드러누운 개는 알 수 없는 사냥 냄새를 풍기며 나와 세바스티앵 사이에서 거칠게 숨을 쉬고 있었다. 그리고 피로가 찾아왔다. 신경도 곤두섰다. 우리는 "안녕, 내일 봐"라고 얘기했지만 내일이면 12시 15분에 떠나는 기차 때문에, 우리가 평소에는 12시 15분에도 일어나 있는 족속이 아니므로, 시간에 쫓겨 다급하게, 그리고 필요에 의해 정신없는 작별 인사를 나누리라는 사실을 알고 있었다. 집에서 도빌 역까지 가는 길은 실제로 조금 고통스러웠다. 여기서 고통은 침묵을 말한다. 낭비할 시간은 5분밖에 되지 않았다. 그리고 그 5분을 서로의 코를 서로의 목에 박고 잃어버렸다. 나는 누가 누구인지 알 수 없었고, 그들도 마찬가지였다. 바보 같은 기차가 숨을 헐떡거리고 연기를 내뿜으며 기적 소리를 내기 시작했다. 그러다가 갑자기 기차에 오르는 두 사람의 얼굴을 보았다. 아주 멀리 느껴지면서도 매우 애틋했기에 나는 그런 얼굴을 다시는 만나지 못할 것임을 알았다. 나는 손을 들었다. 비가 사정없이 퍼부었지만 두 사람 중 누구도 내게 이제 그만 가라고 말하지 않았다. 나는 조금 힘없는 목소리로 "안녕, 또 보자"라고 말했던 것 같다. 그때 엘레오노르 반 밀렘이 몸을 숙이더니(차창에 비친 노르망디 시골 전체가 그녀를 따라 흔들렸다) "아니. 또 볼 수 없을 거야. 안녕." 그 목소리가 어찌나 부드러우면서도 단호하던지 내가 만약 그녀를 잘 몰랐더라면 오해할 뻔했다. 그해 봄 도빌은 유난히 추웠다. 그러나 혼자임에 가벼운 멀미를 느끼며 역을 나오자 날은 아름다웠다. 노르망디의 하늘에 익숙한 반가운 폭풍우 덕분이었다. 차를 찾는 내게 어찌할 수 없는 햇빛 한 줄기가 내리쬐었다. 나는 엘레오노르가 옳았다는 것을 알았다. 내가 반 밀렘 남매를, 그리고 어쩌면 나 자신을 정면으로 바라보게 되는 건 이번이 마지막이라는 것을.

역 자 후 기

『마음의 푸른 상흔』은 독특한 작품이다. 우선, 사강이 1960년에 발표했던 희곡「스웨덴의 성 Château en Suède」에 나왔던 인물들이 이 작품에 재등장한다. 첫머리에서 사강이 "십 년 전 인물들을 다시 불러내는 것도 재미있을 텐데"라고 하면서 "세바스티앵과 그의 누이 엘레오노르. 두 사람은 물론 극 중 인물이다. 나의 유쾌한 연극에 나온다"라고 했을 때 그 연극이 바로「스웨덴의 성」이다. 사강의 첫 번째 희곡이기도 했던 이 작품은 발표된 해에 초연되었고, 1972년에 지금은 저명한 연극상이 된 브리가디에 상 prix du Brigadier을 수상했다.

『마음의 푸른 상흔』은 형식 면에서도 독창적인 작품이다. 사강도 글에서 지적했듯이 소설과 에세이가 교대로 이어지기 때문이다. 무일푼으로 파리 생활을 시작한 세바스티앵과 엘레오노르의 이야기가 펼쳐지는 가운데 사강이 문학과 사회 그리고 자신의 삶에 대해 소회하는 글이 중간 중간에 삽입되어 있다.

 첫 작품이자 대단한 반향을 불러일으켰던 『슬픔이여 안녕』이 발표된 지 18년이 지난 1971년 3월. 37세의 사강은 역시 같은 나이 또래인 세바스티앵과 엘레오노르가 등장하는 『마음의 푸른 상흔』을 1년 동안 써내려갔다(6개월은 아무것도 쓰지 않았다고 한다). 1972년 4월에 탈고한 낯선 형식의 이 작품은 무엇보다 자전적 요소가 많이 포함된 글이므로 때로는 사강의 생각이 난해해서, 또 때로는 불연속적이어서 작품 속으로 금세 빠져들기는 쉽지 않다. 그러나 사강이라는 인물에 대해 관심이 있는 사람이라면 그 어떤 작품보다 사강의 세계를 깊이 있게 이해할 수 있는 작품이 바로 『마음의 푸른 상흔』이다. 스웨덴 남매의 등장은 오히려 작가가 자신을 표현하기 위한 가름막에 지나지 않는다고 볼 수 있을 정도다.

 마지막으로 덧붙이자면, 이 작품에서 눈여겨볼 인물은 단연 로베르 베시가 아닌가 싶다. 스웨덴 남매에게 거처를 마련해주는 인심 좋은 남자, 브뤼노 라페를 촉망받는 신예로 키운 능력 있는 남자 로베르 베시는 화려한 생활에도 불구하고 약에 의존할 수밖에 없고, 성소수자로서 늘 애정에 목마른 삶을 살다가 결국 자살로 생을 마감한다. 미국 출장에서 돌아와 아파트에서 짐을 풀고 친구들의 전화를 기다리며 그가 느끼는 고독과 외로움이 묘사된 장면은 작가로서의 사강의 역량을 새삼 느낄 수 있는 부분이다.

2014년 10월

권지현